HISTORIAS DE MESA CAMILLA

ExLibric

LOLY SANTANA LARA

HISTORIAS DE MESA CAMILLA

EXLIBRIC
ANTEQUERA 2025

HISTORIAS DE MESA CAMILLA
© Loly Santana Lara
Diseño de portada: Dpto. de Diseño Gráfico Exlibric

Iª edición

© ExLibric, 2025.

Editado por: ExLibric
c/ Cueva de Viera, 2, Local 3
Centro Negocios CADI
29200 Antequera (Málaga)
Teléfono: 952 70 60 04
Fax: 952 84 55 03
Correo electrónico: exlibric@exlibric.com
Internet: www.exlibric.com

ISBN: 979-13-87707-80-4
Depósito Legal: MA 948-2025

Impresión: PODiPrint
Impreso en Andalucía – España

Nota de la editorial: ExLibric pertenece a Innovación y Cualificación S. L.

LOLY SANTANA LARA

HISTORIAS DE MESA CAMILLA

A Juliana, mi madre, por todo lo que me enseñó

Prólogo

En la intimidad del hogar, en la habitación más confortable de la casa y donde más tiempo se pasa, es donde se suele poner la mesa camilla, un mueble que, según el diccionario de la Real Academia Española, es una mesa, generalmente redonda, bajo la cual suele haber una tarima para colocar el brasero. En torno a ella se reúnen las familias, sobre todo durante las épocas de frío, para comer o cenar y para pasar largas sobremesas que invitan a charlar y a compartir historias. Pues es justo ahí donde nacen los relatos que forman esta obra y que la autora ha ido reuniendo durante años.

Loli Santana nació en un pueblecito del sur de España, Archidona (Málaga), en una familia de siete hermanos en la que ella es la segunda por orden de nacimiento. Siempre estuvo muy unida a su madre, quien le contaba las historias que habían tenido lugar en su entorno años atrás, durante la posguerra, y ella la escuchaba embelesada, porque Juliana, tal y como cuenta Loli, era «una gran relatora». Ahora, y con la intención de que no se pierdan y de que no se olvide la dura vida que vivieron sus antepasados, ha decidido recogerlas, añadiendo otras que surgen de su imaginario personal y de las experiencias conocidas a través de personas que en algún momento de su vida se cruzaron en su camino.

Así, el lector podrá encontrar en estas páginas paisajes descritos con mimo junto a escenas costumbristas que nos llevan a épocas pasadas en las que la desesperanza, el hambre y la lucha por salir adelante e incluso por sobrevivir son las protagonistas.

Tampoco faltan los amores y desamores, los celos, el arrepentimiento, los sueños por cumplir...

Pero, sin duda, en cada una de sus creaciones esta autora intenta reflejar la importancia de la libertad de cada persona. A veces sus personajes luchan por conseguirla, otras simplemente imaginan cómo sería ser libre, poder elegir su vida y vivirla sin las limitaciones establecidas por las normas impuestas por la sociedad que los rodea.

Esta es la segunda obra que publica la escritora, cuyo primer libro fue *El enemigo invisible,* poemario editado en 2022. Y es que Santana, a lo largo de su vida, ha escrito en verso y en prosa, dedicando también una especial atención al teatro, cuyas obras suele representar junto con su grupo, Cómicas de Salziyo. Ahora nos invita a sentarnos junto a ella para disfrutar de sus relatos.

Pasen, lean y disfruten de estas *Historias de mesa camilla.*

Blanca Astorga Santana

Aceitaos y aguardiente

Apenas amanecía. María se tiró de la cama; hacía un frío impresionante. En aquel pueblecito de montaña, las heladas en enero y febrero eran abundantes. Vació el agua en la palangana para lavarse la cara y, desde luego, se espabiló; el agua, como todo lo demás, estaba helada.

Mientras peinaba su larga mata de pelo, atirantándolo y recogiéndoselo en un moño bajo, María contempló su rostro. Era hermoso. Estaba a punto de cumplir los cuarenta; no había tenido hijos, pero se conservaba bien. Estaba *cantuíta,* como solían decir los hombres, y su cara apenas delataba el paso del tiempo. Sus ojos eran marrones y redondos, su rostro lucía un buen color y sus mejillas sonrosadas rebosaban salud. La boca era carnosa y atrevida. En definitiva, era una mujer bastante atractiva, limpia, aseada y trabajadora, la mujer ideal en aquellos tiempos de posguerra. El problema era que no había parido y a la mujer que no paría, para que se le diera algún valor, tenía que matarse a trabajar a fuerza de humillaciones y de humildad, pues el hecho de no ser madre ya la señalaba ante la sociedad casi como un pecado y una desgracia que se unía a la pena que ella sentía por no haber podido engendrar un hijo.

Terminó de peinarse y volteó la mirada hacia la cama donde su marido aún dormía plácidamente. Se habían casado años atrás; fue una boda sencilla donde hubo *aceitaos* y aguardiente, solo para la familia, claro. Pusieron el cuarto en casa de su suegra y a la mañana siguiente les despertó su madrina de bodas llevándoles el chocolate a la cama, como era tradición.

Ahora vivían en una casa grande cerca del paseo; no era suya, pero la habitaban a cambio de la limpieza. La casa era de unos «cortijeros» que vivían todo el año en el campo y venían en Semana Santa y Feria. Ella la mantenía limpia, con las paredes blancas de cal y los suelos rojos y brillantes. Los pasillos estaban llenos de pilistras bien cuidadas; el patio rebosaba de geranios y jazmines, y las damas de noche embriagaban el aire en las noches de verano.

María abrió la ventana y despertó a su marido; tendía que bajar temprano a la plaza a ver si salía algún peón. El hombre era encalador, pero en invierno salía al campo o a hacer alguna chapuza según lo que daba el día, para, al menos, poder comprar el pan. Eran malos tiempos aquellos y un sueldo era algo con lo que no se podía ni soñar. Después de hacer el café —bueno, si se podía llamar café a aquel brebaje negro que se hacía con cebada tostada y molida— y hacer la cama, María encendió la chimenea y puso a calentar la plancha de hierro en las brasas. Por la noche, lavaba el delantal blanco y por la mañana lo terminaba de secar con la plancha.

Con el delantal como un copo de nieve, estirado y pulcro, salió a la tienda como cada día a comprar el pan, una perra chica de manteca *colorá* y una naranja por si su marido se iba al campo. La tienda estaba muy cerca de su casa; el dueño era un hombre corpulento, alto y rubio. Tenía bigote y planta de hombre bien situado. María se alisó el delantal nerviosamente y entró dando los buenos días. A Dios gracias, el tendero estaba de espaldas. No se explicaba por qué le inquietaba tanto la mirada de aquel hombre; era bastante amable con todas las parroquianas, pero a ella la trataba de una manera especial. Cuando se le dirigía, buscaba sus ojos hasta encontrar su mirada; sentía temblores en las piernas y como el estómago se le contraía, y, la verdad, no era precisamente por el hambre que no faltaba en aquellos días.

Así era su vida y así se repetía rutinariamente cada día, cada semana, cada mes. Por la noche, se sentaba en el brasero a la luz de un candil, esperando que su marido llegara; él siempre salía al anochecer a tomarse una latilla de vino y solía volver hacia las once. Tomaba un poco de cocido que ella preparaba con un puñado de garbanzos y un trozo de tocino añejo que le regalaba de vez en cuando su casera; después se iban a dormir.

La pasión hacía mucho que se había perdido entre ellos; solo quedaba rutina y costumbre. Una tarde tuvieron una fuerte discusión; el marido llevaba varios días sin tener trabajo y ese día no había podido ni siquiera comprar el pan; a la hora de comer apenas si quedaba en la talega un coscurro de pan duro. Se puso como una fiera, gritándole que por qué no lo había pedido fiado. María callaba porque no podía decirle a su marido que no quería pedirle favores a aquel hombre que tanto la inquietaba. Pero él se enfurecía con su silencio y, volviendo a gritarle, decía:

—¡Inútil, que no sirves para nada, ni siquiera para traer *chaveas* al mundo! ¡Eres una machorra, maldita sea la hora en la que me casé contigo! —Y, dando un portazo, se marchó.

María estuvo llorando toda la tarde. Cuando iban a dar las doce de la noche, cansada de esperar junto a la puerta, se le encogió el corazón. ¿Qué ocurría? ¿Le habría pasado algo a su marido? Nerviosamente, logró ponerse el vestido encima del camisón y, con el pelo suelto, bajó a abrir la puerta. No podía creer lo que veían sus ojos; el marido venía acompañado del hombre de la tienda.

—Pasa, Juan —dijo este—. ¿Y tú qué estabas, durmiendo? *Pos* anda, recógete esos pelos y fríe este gallo, que nos invita mi amigo. Además, traemos pan tierno y vino. —Y, reprendiéndola, exclamó—: ¡Vamos, María, espabila!

María subió la escalera y, mientras recogía su pelo, las lágrimas rodaron por sus mejillas pálidas esta noche por el sufrimiento y el cansancio.

Una vez cocinado el gallo, comenzaron a comer los tres. Su marido hablaba por los codos y comía ansiosamente; ella no levantaba los ojos del plato y obedecía sumisamente a todo lo que el marido le indicaba. Terminaron de comer y María recogía la cocina callada y con la cabeza baja. Cuál no sería su asombro cuando el marido, bostezando, se despedía, dejándolos a los dos solos. Juan la observaba mientras ella iba y venía por la cocina.

—Ven, siéntate aquí conmigo; estás guapísima, como siempre —aclaró.

La mujer no se atrevía a levantar la vista; debería ser una pesadilla. Sí, seguro que estaba soñando, porque ella era una mujer casada y honrada, y, por tanto, no podía estar allí, en aquella semioscuridad, con un hombre que no era su marido.

Él la cogió de la barbilla, obligándola a mirarlo. Su cuerpo se estremeció. «Dios mío, perdóname, estoy cometiendo un pecado».

—María, ¿tú sientes lo mismo que yo? Sí, lo veo en tus ojos. Te deseo, te quiero…

María se retiró bruscamente, diciéndole:

—Tú eres un hombre casado. No te equivoques, yo soy una mujer decente.

—María, tu marido no te quiere; para él solo cuenta su propio interés. Te vendería. De hecho, te está vendiendo. ¿Es que no lo ves?

—¡Vete de mi casa! —contestó ella—. Yo soy una mujer honrada.

—Pero ¿y lo que sientes?

—Juan, las mujeres no tenemos derecho a sentir, ni siquiera a pensar. Vete, por lo que más quieras. No me deshonres, vete.

Hacía una tarde limpia; no había ni una nube, se avecinaba la primavera y todo parecía tener más color. María iba con su cántaro y su cubo a recoger agua. Cerca de la fuente había un bar donde se reunían los señoritos a jugar a las cartas y al dominó. Estaba guapa y tenía un buen cuerpo, y, a pesar de sus cuarenta, era una mujer deseable para cualquier hombre. Asomó un mozalbete al antepecho y, al verla llegar, empezó a piropearla. Los demás hombres se envalentonaron y corrieron todos a la ventana a decir groserías; fue entonces cuando apareció Juan y los calló a todos, defendiéndola; nunca lo hubiese hecho. De ahí ya empezaron los cuchicheos.

Unos decían: «Es que *corre* con ella». Otros, que si ella era una fresca, que *corría* con cualquiera. Había quien ya los había visto de noche en las esquinas muy acaramelados, y así ya empezaron a forjar las rejas que reforzarían la cárcel que tenía destinada María. Aún no había pecado, pero la sociedad ya la había condenado.

Había llegado el cine al pueblo, pero no todo el mundo podía gastarse los tres o cuatro reales que valía el gallinero, de donde se salía con el cuello torcido para unos días y, mucho menos, se podía aspirar a una butaca de las últimas filas, que era donde se veía bien. Un domingo llegó su marido y le dijo:

—María, vamos al cine, que traigo las entradas.

Muy extrañada, contestó:

—¿Tú estás loco? Gastar los dineros en el cine cuando no nos alcanzan ni para malcomer.

—No te preocupes, mujer, que me las han regalado.

—¿Y eso? —preguntó María.

—Alguien me debía un favor. Bueno, vámonos, que están enumeradas. No querrás que la veamos *empezá*.

Ponían *María de la O* y María acabó llorando a moco tendido por aquella mujer tan guapa y desgraciada, pero más lloraba cuando justo detrás de su silla escuchó a su vecino el tendero y comprendió que había sido él quien le había regalado las entradas a su marido. Aquella noche no podía conciliar el sueño, sentía detrás de ella la respiración de aquel hombre y se le erizaba la piel. No podía entender qué le estaba pasando, pero se estremecía con solo escucharlo decir su nombre.

Lo cierto es que aquello se estaba convirtiendo en una costumbre; una noche sí y otra también su marido llegaba a su casa con Juan, preparaba la cena, comían y bebían los tres juntos, después el marido se iba a dormir y los dejaba a los dos solos. Poco a poco, se hicieron grandes amigos, ella no tenía tanta prisa en que él se marchara, hablaban y hablaban dejando pasar las horas sin sentir. Él la respetaba, aunque no podía evitar comérsela con los ojos; ella se enamoraba cada día más y lo que al principio le parecía un terrible pecado, ahora le era tan familiar que ya no podía recordar cómo era todo antes de que Juan apareciera en sus vidas.

Una tarde, cuando iba a recoger el agua, estaba el cielo oscuro y amenazaba tormenta, que estalló antes de lo que ella pensaba. Daban unos truenos muy grandes y empezó a diluviar. María no llevaba paraguas y Juan salió a su encuentro a protegerla con el suyo. Llovía a cántaros y, a pesar del paraguas, llegaron a casa empapados. Se acercaron a la chimenea para secarse un poco la ropa.

Ella le ayudó a quitarse la gabardina, él sacó su pañuelo y delicadamente le secó la cara muy suavemente, como una caricia, que continuó dejando caer el pañuelo, recorrió con la yema de sus dedos la curva perfecta y carnosa de sus labios, bajando por la garganta, deslizándose por el canal de su pecho. Desabrochándose el vestido, fue dejando al descubierto sus pechos blancos, firmes y nacarados. La besó en los ojos, la nariz, las mejillas, muy dulcemente, saboreando palmo a palmo cada pliegue de su cuerpo, cada rincón, cada momento. Se fundieron sus cuerpos, dando rienda suelta a la pasión que estaba consumiéndolos. Por fin se estaban amando delante de aquel fuego que era testigo de su lucha, esa que habían mantenido los dos reprimiéndose día a día. Se hizo realidad un sueño que nunca se habían atrevido a soñar, dando rienda suelta a su amor que no entendía de leyes, ataduras y, menos aún, de la sociedad que ya les había condenado hacía mucho tiempo.

Dejó de llover y, arrebujados delante del fuego, no escucharon el ruido de la puerta al abrirse; allí, delante de ellos, estaba su marido y la hermana de este, que histérica gritaba:

—¡Mátalos, hermano mío, que esta puta ha deshonrado esta casa y lo menos que se merece es eso!

Echaron a Juan a la calle y a María la apalearon y arrastraron tirándole del pelo. Más tarde, cuando se habían despachado a gusto contra la infiel, la dejaron en la calle con lo puesto.

Se quedaron con su ajuar, que era poco pero buen trabajito que le había costado juntarlo, y lo que más le dolió fueron los zarcillos de oro, regalo de su padre, que no los volvería a ver. La despreciaron todos: hermanos, cuñados, primos, vecinos y amigos, y a su vez le negaron la oportunidad de pedir perdón a su padre.

Huyendo con los pies ensangrentados de ir de puerta en puerta, llegó a un anejo del pueblo donde una prima lejana se apiadó de ella y la acogió en su casa.

Su prima era estraperlista, como se decía en aquel tiempo, y ella le ayudaba a vender azúcar y café, arriesgando así el pellejo día a día. Un día iba de vuelta a casa de su prima y, en un recodo del camino, se encontró a Juan; alguien le había comentado que pasaba por allí todos los días y el hombre la estuvo acechando hasta que la pudo ver. Se la llevó al pueblo, donde le había alquilado una casita muy pequeña que compartía con un anciano. La casa estaba muy sucia y el anciano, que no tenía a nadie, andaba solo por los piojos que tenía.

Cuando María entró en la casa, sintió ganas de salir corriendo; tenía un umbral muy alto que daba paso al interior de la estancia, que hacía de cocina, comedor y sala de estar; medía aproximadamente dos metros de ancho por tres y medio de largo, a la derecha tenía una chimenea y al fondo unas cantareras —hueco que ella habilitaría más tarde como despensa— y una escalera de cinco peldaños que daba paso a un dormitorio muy oscuro con una ventanita muy pequeña. A la derecha de la escalera había otros seis escalones que conducían a una cámara con techo muy bajo; allí se instaló María.

Trabajó de noche y de día para poder acondicionar aquello un poco. No había cal en las paredes que recordara si la habían tenido alguna vez; telarañas colgaban del techo como única decoración y en los suelos, a fuerza de frotarlos, aparecieron unas baldosas rojas que no eran ni feas. Después de limpiar la casa, María llenó un baño de agua caliente y aseó al anciano; le afeitó, cortó el pelo y despiojó.

Juan iba cada noche a verla y le llevaba comida y regalos. Poco a poco, aquello fue pareciéndose a un hogar y ella volvió a recuperar su lozanía y el rubor de sus mejillas. Así estuvieron durante un largo periodo de tiempo, hasta que Juan se halló con valor para dejar a su esposa. Ellos tampoco habían tenido hijos, pero tenían dinero, y así fue más fácil para esta mujer la separación, pues ya lo dice el refrán: las penas con pan son menos.

Juan compró la casita y, al morir el anciano, la fue acondicionando un poco para vivir en ella. A María no le faltaba nada. Estaba bien vestida, tenía alguna que otra joya para embellecerse y jamás le faltó la comida. Siempre había jamón en casa y ella, que era generosa, lo compartía con quien llamaba a su puerta con hambre. En cambio, no podía salir a la calle ni a tomar el fresco; había sido infiel y se la consideraba una mala mujer. Juan trataba de compensarla y, alguna vez que otra, la llevaba de viaje. Así conoció: Sevilla, Jerez, Málaga y algún que otro sitio más.

Un día sintió doblar las campanas. Había muerto su padre. Se vistió de negro y, echándole valor al asunto, se presentó en casa de sus hermanas. Quería verlo por última vez. El hombre había muerto pidiendo ver a su hija, pero sus hijos no consintieron en llamarla. Por ello, al llegar a casa, le cortaron el paso, prohibiéndole entrar y acusándola de haber matado al padre de vergüenza; por ello, no tenía derecho ninguno a estar allí, y la echaron a la calle.

Desesperada, se fue a la parroquia; quería rezar y pedir perdón a Dios. Cayó de bruces ante el sagrario cuando apareció un cura de aquellos con coronilla que extendían la mano protocolariamente para que se le besara como algo sagrado, y enfurecido preguntó:

21

—¿Dónde crees que estás, María?

Sollozando, contestó:

—En la casa de Dios.

—Pero tú lo has ofendido. Vete —dijo el cura, y la echó de la iglesia sin contemplaciones. Aquel buen hombre de iglesia olvidó que Dios es justo y misericordioso.

María volvió a casa destrozada y allí, en su inmensa soledad, lloró, rezó y permaneció encerrada durante muchos años con el consuelo de que dieran las once o las doce de la noche en que Juan volvía del casino y, sumergida en aquella pasión con la que él la envolvía, volaba sintiéndose libre y protegida entre sus brazos.

Cuando Juan enfermó, se marchó con sus hermanos, y poco después murió, dejándola terriblemente sola. Ella nunca se había preocupado de pedir nada y lo único que le quedó fue un seguro que Juan le había estado pagando para que pudiera algún día cobrar la vejez. La casita pudo seguir habitándola gracias a la mujer de este, que generosamente se la dio vitalicia.

Otra vez estaba sola y, sin tener para comer, empezó a buscar trabajo. Aunque las cosas estaban cambiando, no le fue nada fácil; tenía sesenta y dos años y no podía aspirar a mucho, pero si no seguía pagando el seguro, los tres años que le quedaban no iba a poder cobrar. En esos tiempos, ya no se podían pagar las muchachas para limpiar; entre otras cosas, las mujeres ya estudiaban o se iban al extranjero a trabajar en fábricas en vez de fregar suelos en el pueblo, y esa fue, si puede llamarse, su suerte.

Entró de chacha en una casa donde, por su historia, la trataban bastante mal, y lo peor es que la humillaban constantemente. Allí aguantó mientras pudo; después, se fue a cuidar a un viudo y sus hijos por dos perras —que apenas le llegaban para el seguro—

y una rosca de pan. Gracias a una buena vecina, podía comer caliente de vez en cuando. Pero una nueva y definitiva cárcel le estaba acechando: dio un porrazo y se rompió la cadera. Gracias a esto, empezó a cobrar por enferma y, después de muchos meses de hospital, volvió de nuevo a su casita, de la cual no podía salir con sus bastones.

Para entonces, la sociedad ya había cambiado; veía la misa en el televisor y los curas iban a su propia casa a darle la comunión. Estaba siempre rodeada de gatitos que le hacían compañía; también la visitaba mucha gente joven a la que ella les contaba la historia de su vida y enseñaba una foto que Juan le mandó a hacer en grande una vez que fueron a Sevilla.

Era el último día del año. María estaba en el porche, sentada en la butaca. No sabía qué hacía allí y, la verdad, no le preocupaba mucho a aquellas alturas de su vida. Contemplaba el horizonte que, como siempre, estaba lejano y azul. No hacía frío en aquel lugar, y eso que era diciembre. Sintió un aleteo; eran gaviotas, claro, por eso no hacía frío. Estaba cerca del mar, por eso era tan azul el horizonte. Llegó una señorita vestida de blanco.

—Vamos, María, es hora de irse a la cama.

Estaba muy a gusto allí, pero no protestó; siempre había hecho lo que los demás querían, ¿por qué revelarse ahora?

La cama estaba limpia y olía bien. Aquella mujer la cogió de la silla de ruedas y la metió en la cama con tal facilidad que ella pensó: «No debo pesar ni veinte kilos; sin embargo, no puedo ni rodearme en la cama, las piernas parecen que son de plomo». Cuando despertó, era casi el amanecer. De pronto sintió que podía mover las piernas, se incorporó y saltó de la cama. Fue hacia la ventana, descorrió las cortinas y las abrió; allí fuera estaban las gaviotas, que volaban libremente. No pudo envidiarlas esta vez. De pronto, estaba junto a ellas, volaba hacia el horizonte que no acababa nunca, volvió saltando entre nubes blancas de algodón y, al mirar hacia abajo, descubrió su marchito cuerpo sin vida en la cama de aquella residencia para enfermos terminales. Junto a él quedaba todo el lastre de las cadenas que arrastrara durante toda su vida, y, elevándose hacia la luz maravillosa del universo, su alma gritó y sintió algo que en su miserable cuerpo humano nunca se había atrevido ni a pensar: ¡libertad, al fin libertad!

Ángeles

«Que sueñes con los angelitos». Cuántas veces escuché esa frase a lo largo de mi vida.

Nací a finales de la Guerra Civil española; mis recuerdos de la contienda son las historias que escuchaba de los mayores sobre un tema del que se hablaba en susurros y de una manera extraña —como en clave—. Era muy difícil enlazar aquellos relatos que comentaban como solo para ellos; nunca decían nombres, la frase favorita de mi tía era «como decía el otro». Hablaba en segunda o tercera persona, sin atreverse a decir que eran sus ideas y sus opiniones las que expresaba.

Tardaría muchos años en comprender que aquella mujer dura y aparentemente fuerte estaba mortalmente herida y tenía mucho miedo.

Eran tiempos negros aquellos, pero yo era una niña y estaba rodeada de cariño y necesidades, aunque no las notaba mucho entonces; no se puede añorar lo que no has conocido.

Tenía una muñeca de trapo; la cosió mi madre cuando yo era muy pequeñita y la llevaba conmigo a todas partes. Hablaba con ella imitando a los mayores; cada noche dormía conmigo y me sentía segura.

El catre de hierro mohoso y madera vieja tenía un ruidoso colchón de panochas; era calentito y lo compartíamos mis tres hermanos y yo. Los niños dormían en un extremo; como yo era la más pequeña, estaba solita en el otro. Mamá me hacía un hoyito en el centro para que no me cayera de la cama. Cuando mi madre nos remetía bien las mantas para que no pasáramos frío, yo abrazaba a mi vieja muñeca y repetía bajito lo que había dicho mi madre: «Sueña con los angelitos».

Yo no había visto ninguno y si venían en sueños, después no lo recordaba; total, ni idea de cómo eran los angelitos.

Me gustaba mucho la Semana Santa, sobre todo, porque mi madre me hacía un vestido nuevo y nos compraba alpargatas y ya hasta el año que viene no pillábamos otras —con suerte—. Lo que no me gustaba mucho eran los penitentes; ¡me daban un susto! Procuraba retirarme; todavía me dan repelucos. A mí me gustan las caras destapadas y las miradas de frente. Claro que también había tambores, música, flores, tronos… y salíamos todos juntos a ver las procesiones, pero yo no veía ángeles en ningún sitio.

Ya de mocita, subíamos algunas tardes a la Virgen y me di cuenta de que, en la estampa de la Virgen, además de ella y el niño que tenía en los brazos, había dos personajes rubios con el pelo rizado, vestidos de blanco y con alas, unas alas como de plumas. Pero no me paré mucho a pensar en aquello; estaba por allí un mocito que me gustaba y eso me preocupaba más.

Me eché novio muy joven y, bueno…, me fui con él. Me escapé una noche que mi madre se descuidó mientras hablábamos en la puerta; era la única forma para poder casarme, porque ni mis padres ni los suyos podían costear una boda, así que, como queríamos estar juntos y formar una familia, era la única manera.

Los dos trabajamos mucho, de sol a sol, tuvimos cinco hijos; ¡ay! eran muchas bocas que alimentar y muchos cuerpos que vestir y calzar.

Tenía que dejarlos solos a veces para ir a trabajar (¡tan chiquitos!).

Otra vez volví a acordarme de los ángeles y, por si era verdad, les encomendaba a mis niños y me iba algo más tranquila. Lo cierto es que tampoco estuvieron muy pendientes; mi niña chica se cayó al brasero y se quemó las manos.

Dios, cuánto pasamos para poder curar aquellas heridas; fueron años de curas y padecimientos para la criatura y para nosotros.

Por los años sesenta, tuvimos que emigrar. Cargamos lo poco que teníamos en un desvencijado camión y viajamos al norte.

Tendría que escribir por lo menos dos libros para contar todas las penurias que pasamos; los niños crecieron, había trabajo y, poquito a poco, tuvimos una casa decente, camas, mantas, sábanas y hasta colchones Flex.

La vida pareció darnos un respiro; los hijos trabajaban y fuimos sacando cabeza.

Cuando mis niños se casaron, disfrutamos de los nietos, pero, al jubilarnos, vendimos el piso y nos volvimos al pueblo. Teníamos una paguita y nos tocaba disfrutar un poco.

Con muchos achaques, porque los años no perdonan, pero juntitos viajábamos con el IMSERSO, fuimos a hoteles buenos; ¡fuimos hasta a la playa!

Pero el diablo, que todo lo enreda, se atravesó (porque no creo yo que eso sean cosas de Dios). Manuel sufrió un infarto y me quedé sola; ya no era igual. Los hijos venían de vacaciones y los disfrutaba mucho, pero el año es muy largo y la soledad, muy mala.

Me apunté a una asociación y pude aprender muchas cosas que no había tenido oportunidad de hacer en mi larga y accidentada vida.

Cuando todo parecía ir bien, ¡llegó la pandemia!

Me libré en la primera ola, pero caí en la segunda (es que tengo la mala costumbre de recoger todo lo malo que pasa por mi lado).

Una carraspera en la garganta, enseguida cuarenta de calentura. Ya ves tú, si a mí nunca me había dado calentura; cada vez iba a peor y me llevaron al hospital. ¡Qué malita estaba!

Entonces ocurrió: tenía que llegar hasta allí, con casi noventa años, y en aquel lugar. ¡Por fin! Encontré a los ángeles.

Vestían de verde y llevaban una pantalla de cristal en la cara que se llama EPI.

Dedicado a todos los ancianos que se fueron y a los valientes sanitarios.

Cadenas

Inés subía las callejas volando; su cuerpo menudo apenas le daba un respiro.

Era la hora de la siesta; su marido aún no vendría del campo, y la cuñada, en un par de horas, no la controlaría.

Su madre enferma la necesitaba y quería verla. Cuando llegó, había empeorado; estaba acompañada por su hermano y la mujer de este.

El padre de Inés escuchaba la radio, con la oreja pegada al aparato, visiblemente afectado. Habían envejecido y ahora necesitaba mucho a su mujer.

El arrepentimiento le nublaba los ojos, con una lágrima que se negaba a salir de ellos. La llegada de su hija le sosegó, aunque se cuidó bien de no demostrarlo.

Apenas Inés había recobrado el aliento cuando unos golpes en la puerta les sobresaltaron; la voz del marido, seca y autoritaria, la llamaba descontrolado.

Rafael dejó la radio e intentó salir al encuentro del yerno, gritándole violento: «¿Dónde crees que vas, cabrero?».

La cuñada de Inés le paró en seco, sin dejarle salir.

—¡Inés, no salgas! —gritó su hermano.

—¡No puedo! —replicó ella—. Mis hijos están allí y no puedo dejarlos.

Salió de la casa y el marido la cogió del pelo, fue maltratándola calle abajo, sin darle un respiro, haciéndole ver que él era su dueño y señor.

El hermano entró en la sala donde descansaba su madre, para que esta no se diera cuenta de lo que estaba pasando.

La cuñada atendía a Rafael, que voceaba, insultando a su yerno, y como en un *flash* se vio a sí mismo, pegando a su mujer tras una noche de juerga y a ella, resignada, perdonándolo siempre.

La historia se repetía y le daba donde más le dolía, en su propia hija, mientras su mujer se apagaba lentamente, buscando paz y descanso. A él le costaría más encontrarla.

La vida nos paga con lo que merecemos, pero siempre hay terceros inocentes que pagan las consecuencias de nuestros actos.

Celos

Comenzaban las vacaciones, por fin; durante unos días tendría a Felipe para mí sola. Por ello, entre todas las posibilidades, había elegido el turismo rural, lejos de la ciudad y las pobladas playas, llenas todas de niñas coquetas y provocativas, que solo pretenden llamar la atención de los hombres casados, con sus indecentes bikinis o haciendo toples para lucir sus puntiagudos y pequeños senos, contoneando caderas y sintiéndose las reinas con su juventud.

Mi marido es un hombre bueno y muy atractivo, alto, moreno y con unos increíbles ojos verdes, los labios carnosos y sensuales, dulce, cariñoso, zalamero y muy enamorado de mí y de sus hijos, apasionado, familiar, demasiado perfecto.

Quizás por ello yo me mantengo siempre alerta; no puedo permitir que nada, ni nadie, invada mi terreno. No quiero extraños, tampoco amigos demasiado pegados que puedan estropear lo nuestro; lo quiero para mí sola, andando siempre lista para que así sea.

Los hijos vinieron pronto, sirviendo para cerrar aún más, si cabe, el círculo que yo misma hice en torno a nosotros. Rodrigo, el mayor, tiene doce años; Claudia, apenas ocho, son guapos como su padre y buenos chicos.

Pasaremos unos días en Castilla-La Mancha, elegimos un palacete convertido en posada, con muchas comodidades y muy hermoso.

Al cruzar la verja, tuve la sensación de haber sido transportada a otro tiempo; sus árboles milenarios y sus piedras viejas y gastadas hacían sentir e imaginar los ruidos de antaño: cascos de caballos y carruajes que en otro tiempo cruzaron el camino de piedra cuarteada que llevaba hacia la entrada.

Tapias de piedra con aberturas cubiertas por viejas rejas de hierro forjado daban, a su vez, a otros patios, con anchos caminos de piedra, bordeados con viejos y frondosos árboles que, en su follaje, tenían vides; no eran cepas ni parras, eran árboles altos y gruesos que, majestuosos, bordeaban siempre algún camino.

En medio de este paisaje de antaño, la piscina limpia y azul rompía, haciendo volver a la realidad con un toque moderno de estos días.

En el centro, la casona, antiguo palacete, se mantenía intacta en su exterior, como cinco siglos antes; seis grandes chimeneas se alzaban orgullosas sobre el tejado, sosteniendo enormes nidos de cigüeñas que revoloteaban por los alrededores.

Al cruzar el umbral, pasillos y puertas, y algún suelo de piedra, nos seguían transportando en el tiempo; los altos techos con vigas anchas de madera sugerían historias y pasiones que, a través de los años, habían presenciado.

Abrumada e inquieta, me sentí indispuesta; los mimos y atenciones de Felipe ayudaron a que me fuese recuperando.

El viaje había sido largo y caluroso; al entrar en la casa, resguardada del sol, fresca y agradable, posiblemente, bajo mi presión arterial, eso hizo que me sintiera mal (supongo yo).

Los niños pasaron la tarde jugando en el agua con su padre, mientras yo les contemplaba relajada, disfrutando del aire puro de la naturaleza.

Tras una buena ducha, pasamos al comedor; una chica joven y agradable nos sirvió la cena: abundante verdura, patatas y unas exquisitas chuletitas de cordero, fritas con ajitos y acompañadas de un buen vino de la zona.

En la sobremesa, pasamos al salón de juegos, rústico y señorial; tenía un suelo de parqué y una preciosa chimenea de piedra, con una virgen tallada en mármol blanco que sostenía a su hijo en brazos.

Jugamos al parchís con los niños, hasta que les rindió el sueño.

En mitad de la noche desperté sobresaltada; Felipe no estaba a mi lado. Busqué el interruptor de la luz; estaba sola en el dormitorio. Una oleada de fuego subió a mi cabeza; el corazón me latía apresuradamente, un presentimiento horrible se apoderó de mi cuerpo: Felipe, la chica joven. ¡Dios mío! Les veía ya en el salón, revolcándose en la alfombra, besándose, desnudos, juntos, sus fuertes brazos la envolvían mientras su cuerpo menudo se estremecía bajo sus arrullos.

Sin cubrirme, salí del dormitorio, corrí por el largo y oscuro pasillo; el espejo de piedra reflejaba en las tinieblas mi imagen, dándole un aspecto fantasmal y oscuro. Despavorida, lo crucé y llegué al comedor; al fondo se veía luz. En el recinto que tenía el suelo de piedra había dos sofás y varios sillones; Felipe se recostaba en uno de ellos.

Me abalancé sobre él, gritando:

—¡Suéltala! ¡Perra, deja a mi marido!

Felipe dejó el periódico a un lado y me sostuvo por los brazos, zarandeándome.

—¡Juana! ¿Qué ocurre? ¿Te has vuelto loca?

Apenas le veía; las lágrimas enturbiaban mis ojos. Movía la cabeza a un lado y otro, tratando de descubrir dónde se había ocultado ella.

Pero no estaba; había desaparecido. Él me abrazaba y, poco a poco, me fui tranquilizando, sequé mis ojos, reposando la cabeza en su camiseta de algodón blanco. Entonces reparé en que estaba vestido; torpemente pregunté:

—¿Qué ha ocurrido, dónde está esa mujer?

—¿Qué mujer? —contestó él, paciente—. Estoy solo; me había desvelado y vine a leer aquí para no despertarte. Estamos solos, Juana; aquí no hay nadie. Debes haber tenido una pesadilla. ¿Quizás cenaste demasiado?

Me acarició el pelo suavemente y, cogidos por la cintura, fuimos hacia el dormitorio. Esta vez cruzamos el pasillo con la luz encendida; la imagen que se veía en el espejo de piedra era real y hermosa. Besándonos apasionadamente, entramos en la alcoba.

Después de desayunar, iríamos a visitar la finca. Esperamos a un capataz que nos conduciría para que conociésemos todos los campos y explotaciones del prado del Rey que, en su día, fue coto de caza y recreo del monarca.

Recogimos las gorras de los niños; cuando nos disponíamos a salir, Felipe hablaba animadamente con la chica de la recepción. No me gustó su forma de mirarlo; recelosa, agarré a mi marido del brazo y discretamente lo alejé de allí. La muchacha era muy normalita, pero era mujer; mejor no confiarse.

Felipe subió delante con el capataz; yo iba detrás, con mis dos hijos. El coche subía por los estrechos y pedregosos caminos; a un lado y otro, las cepas de viñas jóvenes se alineaban a derecha e izquierda. La vista se perdía en el horizonte con el frondoso y verde paisaje.

El conductor hablaba continuamente y explicaba injertos, métodos y nombres de los viñedos. El todoterreno se agarraba con fuerza al suelo, saltaba y cogía baches que rebosaban agua embarrada, enturbiando el cristal delantero y haciendo las delicias de los niños.

Tras los viñedos aparecían campos de maíz, grandes extensiones de alfalfa a un lado, en un paraje de dos o tres mil metros. Girasoles amarillos y redondos desafiaban al sol esplendoroso. Hermosos bosques de pinos a la izquierda y más viñedos a la derecha.

En la ribera, bordeando el río, grandes hileras de chopos perfectamente enfilados, con el tronco fino y una poda muy bien hecha, cogían altura, todos muy parejos.

Unos metros más adelante se repetían las hileras, pero con troncos mucho más gruesos; estos tenían ya cuatro años y maduraban frondosos, hasta llegar a los que cumplían diez, que ya estaban listos para la tala y, *a posteriori*, para fabricar papel.

La tierra removida, al otro extremo del río, se preparaba cuidadosamente, separando el chino que este había arrastrado y acumulado a los pies de los chopos, dejando la tierra limpia para plantar nuevos árboles.

Una nueva llanura aparecía ante nuestros ojos, mostrando un gran y cuidado campo de patatas; al subir una pendiente, descubrimos la gran charca, espejo donde los árboles viejos y milenarios se reflejaban coquetos en sus aguas. Al llegar a la pequeña presa, saltaban jubilosas en una hermosa catarata blanca, que producía la energía para alimentar la pequeña central eléctrica de la que se abastecía toda la finca.

Las zarzas, en la orilla, a los pies de los árboles, se doblaban con el peso de las moras, rojas y dulces. Los niños corrieron a comerlas, pintándose la cara y las manos de su tinta roseada.

En mitad de aquel vergel, paraíso natural, la mano de Dios y la del hombre se confundían salvajemente, conjugando los recursos naturales con la inteligencia y técnica del ser humano.

Los gritos de los niños nos sacaron de aquel hipnotismo en que la belleza del paisaje nos había sumergido. Una bandada de pájaros perdices, muy pequeños, corría y saltaba graciosamente, siguiendo a su madre; conejos jugaban al escondite, con sus orejillas tiesas, brincando de piedra en piedra.

Alfalfa recién cortada, para dar alimento al ganado, deleitó nuestro olfato, llenando los pulmones del aroma dulzón y suave de la hierba fresca.

La naturaleza y el aire libre me hacían sentirme segura; miraba a mi marido, recreándome en su bello y adorado rostro, su risa franca, su mirada limpia, sus ágiles y rítmicos movimientos de hombre joven y fuerte.

El paseo por el campo despertó el apetito de los niños (también el de los mayores, claro). Bajamos a un pueblecito cercano y almorzamos en un barcito muy típico del lugar. Fue muy agradable la comida; bebimos un buen tinto, del que yo repetí varias veces. Cuando me dispuse a levantarme de la silla, todo me daba vueltas; la verdad es que estaba un poco borracha o, por lo menos, achispada. Me tambaleé y todos reímos alegres de mi torpeza.

Al llegar a la casona, me tendí en la cama para dormirla; Felipe se llevó a los niños a la piscina, así me dejarían descansar.

Tuve un sueño muy desagradable: llovía y hacía mucho frío; caminaba bajo la lluvia. De pronto, estaba en la puerta de la casona, intentaba ver algo a través de los cristales empañados de las ventanas cerradas. Llamaba insistentemente a la puerta y nadie abría.

Estaba empapada; la ropa pesaba muchísimo. Mi atuendo era extraño; no había reparado en ello, pero mi vestido era grande y me cubría hasta los pies. Todo era gris; una terrible angustia oprimía mi pecho. Dentro de la casa se oían música, risas y la voz amada de Felipe. Seguía llamando a la puerta y nadie contestaba. Pisé un charco, resbalé y caí al suelo; no podía levantarme. Mis ropas pesaban demasiado y mi cuerpo, ¡Dios mío!, estaba embarazada, a punto de dar a luz. ¡Pero no era posible, no podía creerlo!

Continuaba sin poder moverme y no paraba de llover. Gritaba, pero nadie parecía escucharme. Estaba chorreando agua por todos lados, la vista se me nublaba y el pecho me iba a estallar de tanto dolor.

Me despertó mi propio alarido, que retumbó fuerte en la habitación, que era enorme y con el techo muy alto; un grito desgarrador que salió de mis entrañas, rompiéndome la garganta. Estaba mojada, en un charco de sudor. Tardé unos segundos en saber dónde me encontraba; aún podía sentir la lluvia y la angustia del sueño continuaba presente.

Tuve mucho miedo, aunque ya estaba completamente despierta, pero seguía teniendo mucho miedo.

La pesadilla dejó un sabor amargo en mi boca, y aunque no fue la única en esos días, no quise comentarlo con Felipe.

El resto de las vacaciones, me mantuve alejada, huraña e irritable. Mi marido y mis hijos lo pasaban bien, disfrutando del campo y de su mutua compañía, cosa que yo llevaba bastante mal, pues el verlos unidos, al contrario de otras ocasiones, me hacía sentirme más enfadada cada día. Cualquiera diría que tenía celos de mis propios hijos.

Esa mañana, nos levantamos muy temprano para recoger todo y salir pronto hacia Madrid. Cuando nos disponíamos a cargar el equipaje, Felipe pagaba a la chica de recepción. Me pareció ver que al intercambiar el dinero se cruzaban sus manos. Sin pensarlo, me abalancé sobre ella, intentando arañarle la cara. Mi marido me dio un empujón a tiempo y no llegué a tocarla; di con el trasero en el suelo, mientras él, enfurecido, me gritaba muy enfadado:

—¡Te has pasado, Juana! Me tienes más que harto; no estoy dispuesto a aguantarte ni una más!

Salió como un rayo hacia el coche. Me puse de pie, disculpándome como pude, y fui tras él. Circulábamos a la máxima velocidad permitida e incluso más; él se mantenía aislado, sin hablar, muy serio y ofuscado.

Hacía ya una hora que habíamos dejado atrás la casona y seguía con la misma actitud. La verdad, tenía toda la razón del mundo; no me atrevía a decirle nada, pero tendríamos que hablar largo y tendido.

Tengo que reconocer que yo siempre he sido celosilla, pero los últimos días la cosa había degenerado bastante. No comprendo qué ha podido ocurrir; yo misma califiqué mi postura de un poco demencial y no me explico por qué me he comportado así.

Tenía mucho calor y me hacía aire con un improvisado abanico (un folleto de publicidad) que encontré en el interior del coche. Distraída, comencé a leer:

Su real descanso:

La Posada de Ventosilla. El 11 de noviembre de 1503, el segundo conde de Ribadeo vendió Ventosilla a la reina Isabel la

Católica, utilizándola esta para su real descanso, pernoctando en ella en sus viajes a Castilla. Eran asiduos visitantes su yerno Felipe el Hermoso y su amada hija, quien, por el gran amor que profesaba a su marido y sus celos enfermizos, pasó a la historia con el sobrenombre de Juana la Loca.

Compañeros

Alfredo se despertó sobresaltado; qué sueño más raro había tenido. Escuchó a mamá llamando a su hermana, que era bastante más pequeña y le costaba despertarse cada mañana. Él ya tenía ocho años y era más formalito.

El examen de mates fue a primera hora; lo había preparado, pero estaba inseguro. Observó a su compañero con la facilidad que parecía hacerlo y recordó el sueño que había tenido.

Más tarde salieron al campo de deportes; hoy tocaba fútbol, sortearon los sitios de los jugadores. A Alfredo le tocó de portero y a su compañero de central. Pepe se puso muy contento, aunque el fútbol se le daba fatal, y a todos los demás se les dibujó una risita muy burlona.

Pepe daba saltos de alegría, pero al empezar los entrenamientos se vino abajo; era muy patuleto y corría muy mal. Todo el mundo se preguntaba qué podría hacer en el partido.

En cambio, Alfredo era la envidia de todos, no solo por su agilidad, sino también por su técnica.

Pero suspendió el examen de mates y se puso muy triste; entonces se le ocurrió pedir ayuda a Pepe, que se le daban tan bien.

¡Qué decepción! Pepe no quiso ni escucharle y lo rechazó con desprecio y orgullo.

Entonces, Alfredo lo habló con sus padres y ellos se encargaron de ayudarle a solucionar el problema.

Para entonces había empezado la liga de los colegios y ya habían jugado varios partidos; el equipo iba en cabeza, pero Pepe no salía nunca del banquillo —es que era muy malo—. Alfredo lo comentó con su padre y él le preguntó:

—¿Por qué no le ayudas, hijo?

—¡Papááá! —exclamó Alfredo—. Pepe no ayuda nunca a nadie.

—Haz bien y no mires a quién —fue la contestación de su padre.

Después de esta conversación, Alfredo se lo estuvo pensando, pero, al final, decidió hablar con Pepe.

Desde ese día, los dos, durante el recreo, se hicieron inseparables y Alfredo enseñó todo cuanto sabía a su compañero.

Muchos años después, Alfredo recordaría aquel sueño que tan extraño le pareció: Pepe era un gran futbolista y Alfredo un brillante matemático.

El consejo que un día le diera su padre se lo daría él a sus hijos: «Haz el bien y no mires a quién».

Juana

Rin… Rin… Rin… El estridente ruido del despertador me saca de mi profundo y relajado sueño. Marcos ni se inmuta; yace sobre la cama estirado, con los brazos caídos a lo largo del tronco, completamente desnudo, dejando a la vista su cuerpo de hombre grande y velludo, respirando fuerte, pero no ronca; nunca lo hace.

Un dulzón aroma a sexo flota en el aire, muy familiar, tras una noche de pasión, como son habituales entre nosotros.

Todo parece ir muy bien, demasiado bien, para llevar doce años casados. Solo tenemos una hija de once años y medio.

Como cada verano, ayer la llevamos al aeropuerto; tomó un avión hacia las islas para pasar un mes con sus abuelos (mis padres). Otro año más, nos quedamos solos mi marido y yo.

Uf, son las siete y Paco pasará a recogerme a las siete y cuarto.

El trabajo, a pesar de ser un coñazo, me engancha; hace que me sienta libre, igual que un águila que planea por el cielo entre riscos y montañas, inalcanzable, majestuosa, dueña de sí misma, en libertad.

Hoy es sábado y la jornada de trabajo será doble. ¡Yo, encantada! Ganaré cien euros que ya tienen destino: una crema buenísima de Elizabeth Arden anti-envejecimiento.

Ya me acechan los cuarenta y tengo que cuidarme, mimo mi cutis y mi buen dinero que me cuesta. Aunque lo más llamativo de mi cuerpo es, sin duda alguna, mi pelo, rizado y cobrizo; es una catarata de bucles brillante, espesa y voluptuosa.

No soy una *sex symbol*, pero mi aura delata mi condición de mujer ardiente y sensual.

Me abrocho el pantalón, dejo la camisa del uniforme por fuera, descuidada, cayendo sobre los hombros, de cualquier forma; ahueco mi pelo una vez más, muestro mis dientes al espejo: limpios, blancos y muy sanos, casi perfectos.

Vuelvo al dormitorio a coger el bolso y contemplo a mi marido, que ni se entera.

Pobre, es tan bueno y me quiere tanto, ¡tanto! Que si alguna vez se entera de mis infidelidades, me mata. Pero no, no lo va a sospechar nunca, de eso me encargo yo. Lo tengo bastante satisfecho, lo vuelvo loco y está ciego de pasión por mí. Él es feliz, y qué daño pueden hacer a nadie mis pequeñas aventuras.

¿Le quiero? Naturalmente, es el padre de mi hija y mi marido.

Suena un claxon, me voy, que llego tarde.

Mientras el coche cruza el trozo de carretera que separa mi casa del trabajo, voy callada y pensativa. Mi piel se eriza solo de pensar que volveré a ver a ese hombre esta tarde. Son ya tres veranos desde que vino la primera vez a hacer un extra; recuerdo como si fuese ayer, me pareció muy interesante, pero muy dulzón, para mi opinión empalagoso, pero me impresionó.

«No es mi tipo de hombre», pensé, engañándome.

Traté de colocárselo a una compañera solterona y así de melosa como él.

Yo la quiero mucho, pero me exaspera la vida tan virginal que lleva —años sin sexo—. ¡Increíble!

Bueno, pues no conseguí nada con estos dos, pero algo que yo considero tan cursi como los ojos color miel y las dulces palabras de este hombre han despertado en mí una atracción que no me deja vivir. Y así estamos: él me acerca la miel a los labios y no me deja morderla ni saborearla; yo le persigo, le provoco, pero siempre se me escurre en el mejor momento.

Jamás creí que alguien tan abizcochado me iba a traer de cabeza.

Menos mal que cuando llego a casa está mi Marcos, siempre tan fiero, complaciente y dispuesto. Calma mis ansias y mi inquietud, hasta que vuelvo a hacer un extra y me lo encuentro de nuevo.

Me pone a tono con su ternura y su resistencia, aunque yo creo que es solo aparente. Estoy segura de que él lo está deseando igual que yo, pero me tiene miedo. Lo voy a conseguir, al final caerá.

El día ha sido desastroso, todo ha salido mal y, para colmo, se ha suspendido la boda y no habrá extra.

Pensándolo bien, será estupendo: le daré una sorpresa a mi marido, nos pondremos bien guapos e iremos a cenar a la Plaza Mayor, pasearemos por la playa y después nos tomaremos una botella de champán; más tarde haremos el amor hasta el amanecer.

¡No podría haber sido mejor de ninguna otra manera!

Ha sido una buena idea venir caminando; hace calor, pero el *solano* que corre esta tarde aclara mis ideas.

¿Por qué ansiar cosas que no pueden ser si yo tengo en casa todo lo que quiero? Marcos sacia todas mis necesidades físicas y espirituales (aunque yo de eso no entiendo mucho).

Abro el portal y subo la escalera casi corriendo; estoy contenta y deseosa de abrazar a mi marido. Giro la llave con mucho cuidado; le daré la sorpresa completa, sorprendiéndolo en el salón. Seguramente estará viendo alguna película de karatekas.

44

La puerta del salón está cerrada; se escuchan gritos, gemidos. ¿Qué película está viendo?

Empujo la hoja de cristal color caramelo y, sobre mi sofá —mi suntuoso, caro, bello, el más caro y cómodo sofá que encontré, además de diseño—, allí está: mi fiel marido, haciendo el amor con una negra africana impresionante.

La boda

Observaba muy atenta la imagen que se reflejaba en el espejo, a la vez que trataba de encontrar en ella a la niña de catorce años que peleaba cada día con su madre para estar más tiempo en la calle. Carolina había sido siempre una niña feliz; en su mundo de muñecas y cuentos, pasaba horas en su cuarto jugando con sus Nancy, a las que peinaba, maquillaba y cambiaba de ropa cada día. Desde hacía unos meses, había descubierto, en la plaza, con su pandilla, que esos juegos de coquetería eran más reales y se hacían cada día más hermosos. Todos los días ocurría algo nuevo; había un chico con el que se identificaba bastante y le encantaba hablar con él. Sensaciones nuevas experimentaba su alma, sentimientos distintos que brotaban a la vez que su cuerpo iba cambiando. Poco a poco se convertía en toda una mujer.

Así empezó su relación con Juanma y así pasaron los años, siendo los novios que desde niños todo el mundo asociaba y veía como a uno solo, igual que si hubiesen nacido a la vez, hechos y predestinados a ser inseparables y estar siempre juntos.

De esta manera empezó una relación que ya duraba siete años. Juanma trabaja en una fábrica de dulces; Carolina terminó administrativo y se colocó muy bien en una gran empresa. Tenían un buen coche, ganaban dinero suficiente para pasar los fines de semana viajando, saliendo a bailar, disfrutando de su juventud y la vida de una manera ordenada, sin problemas y dejándose llevar.

Al llegar a este punto, un domingo, comían con sus padres y estos les propusieron comprar un piso. La idea era ir invirtiendo para el día de mañana y de ahí planificar su futura boda.

De ahí, precisamente, es de donde arrancó la carrera hacia una meta que todo el mundo veía muy clara en estos dos niños. Viéndose así sumergidos en el torbellino de compras, planes y dictados, que más que reflejar sus deseos, proyectaban las normas y los ideales de sus mayores.

Primero compraron el piso; cuando le entregaron las llaves, todas sus horas libres eran para pintar, amueblar o vestir aquella estancia preciosa y llena de luz que debería convertirse en un nido de amor. Tres años después, el piso estaba casi listo; ahora era el momento de comenzar con la boda.

Elegir, entre otras cosas, el hotel donde sería la celebración fue una dura tarea. Visitaron una veintena de ellos; cuando algún sitio les gustaba y decidían que sería allí, venía la segunda parte: la aprobación de los padres. Siempre le encontraban algún inconveniente y había que empezar de nuevo.

Cuando al fin se pusieron todos de acuerdo, hicieron la reserva; solo faltaba para la fecha prevista dos años. Ahora, los fines de semana ya no viajaban; todo eran reuniones familiares donde los padres de ambos elaboraban listas interminables de invitados, seleccionaban menú para el banquete o discutían la iglesia a elegir. También este punto fue bastante polémico (en una ciudad que tiene al menos treinta iglesias); más tarde, ponerse de acuerdo con el cura era una cadena: una cosa traía a otra y cada vez había más implicados.

El piso ya estaba listo (doce meses antes), pero había que quitarle el polvo y ventilarlo todas las semanas.

En la cena de Navidad, decidieron que, a finales de enero, irían a comprar el traje de la novia. A partir de ese momento, los preparativos fueron de vértigo: vestidos, sombreros, zapatos, trajes, las arras, niños para llevarlas, los números de las mesas, la forma en que irían sentados los invitados, música, flores, maquilladora, peluquera, viaje.

El viaje será regalo de los padrinos; bueno, un sueño más de otros que ellos harían realidad. ¿El lugar al que viajarían? Como era una sorpresa, no se sabría hasta el día de la boda; por lo tanto, también se encargarían los demás de hacerles el equipaje.

Los alfileres de la novia y esos detallitos que se regalan en todas las bodas —para las mujeres—, para los caballeros serían los tradicionales puros habanos; los habían traído expresamente al padre de Juanma unos amigos que viajaron a Cuba.

El fotógrafo serían dos, más el cámara que grabaría el vídeo. La madre de la novia quería que fuese un tal David porque realizaba unos exteriores preciosos; en cambio, la madre del novio conocía muy bien a un tal Velasco, que era un clásico, ideal para las tomas tradicionales de la iglesia. Se decidió contratar a los dos y quedarse con lo bueno de cada uno; así no habría equivocación.

Al fin llegó el gran día, en un mes de agosto muy caluroso, pero todo estaba perfectamente organizado. Se alzó el telón y la obra se desarrolló, punto por punto, como se había planificado.

Carolina repasaba todo mentalmente y seguía mirándose al espejo, su pelo negro estaba alborotado, el rostro, un poco churretoso de tanto maquillaje, se reflejaba hermoso y joven en la luna del tocador.

Empezaba a amanecer y la luz se filtraba alegremente por las rendijas de la ventana. La *suite* nupcial era espléndida; dos sofás blancos reposaban en una lujosa y mullida alfombra. En la mesita, junto al sofá, una gran cesta de frutas lucía apetitosa junto a una champanera dorada. Allí, un buen champán francés nadaba ostentoso en el agua que el hielo había sudado a lo largo de la noche. Cortinajes de seda color crema, muy vaporosos, cubrían grandes ventanales, tras los que se adivinaban hermosos paisajes de montaña. En el suelo, junto a la cama, en una amalgama de tul blanco, reposaba como nieve seca y suave el equipo de la novia, descansando en un barullo de telas y encajes, inmaculadamente nuevos, que no volverían a utilizarse nunca.

En el centro de la habitación, una cama grande, lujosa y alborotada se reflejaba coqueta en la luna del tocador; sobre ella, Juanma roncaba ruidosamente. Su cuerpo desnudo dejaba ver los músculos de la espalda y la piel tersa y morena de un hombre joven y fuerte.

Carolina le observó largo rato, tratando de encontrar al niño de la plaza. De pronto, se hizo una luz, le miró y volvió una vez más a mirarse a sí misma. Eran dos extraños, dos extraños que durante trece años habían compartido el montaje de una gran comedia y, una vez representada, no quedaba ¡nada!, solo el recuerdo tibio del calor de los aplausos.

Se dio una ducha fría, vistió un vaquero y una camiseta azul de tirantes, calzó los pies con unas sandalias ligeras, recogió su mochila y, acercándose a la mesita del recibidor, contempló los billetes amontonados junto a los sobres vacíos. Tomó solo dos o tres billetes de cincuenta euros y, antes de salir, miró una vez más a su marido, cruzó la puerta decidida, sin mirar atrás.

Iría a buscar su destino, que no era aquel, aunque lo había descubierto un poco tarde. Sabía que no lo era demasiado. Solo estaba amaneciendo.

Metamorfosis

El trato estaba hecho, por fin había encontrado un trabajo en condiciones.

Tal y como lo había soñado, llegué a casa y alguien (una amiga) había llamado por teléfono para ofrecérmelo.

Ella misma me acompañó aquella tarde al hotel y hablamos con el jefe de personal. Un hombre amable, pero demasiado nervioso, no dejaba hablar a nadie.

Después de los tumbos que había dado, su propuesta me pareció bien y acepté.

De vuelta a casa, mi amiga contaba cómo era aquel lugar y sus gentes, ya que ella le conocía bastante bien.

Así, comencé a conocer al que sería mi encargado, mejor dicho, a una de las imágenes que esta amiga en particular tenía de él.

—Es un chico estupendo —comentaba—, cariñoso, atento, cordial, limpio, elegante y gracioso. ¡También es muy gracioso! —afirmaba ella.

Este hombre marcaría mi estancia en aquel lugar; así mismo, marcó la de otros muchos compañeros. Su carácter se ajustaba perfectamente a la descripción que mi buena amiga había hecho de él. Pero eso era solo superficie, lo que él dejaba ver a los demás de sí mismo.

Su personalidad es contradictoria y compleja; él es igual que un zorro disfrazado de cordero: tierno, suave, alegre y tan cautivador que, cuando empiezas a descubrirle alguno de sus lados oscuros, inconscientemente le disculpas y le dejas hacer, siempre esperando su próxima puñalada, que imprevisiblemente puede llegar desde cualquier punto y en la situación más inesperada.

A pesar de todo, las mujeres de aquel lugar le adoramos; con su ingenio y su buen humor hace que las horas en el trabajo pasen alegres y divertidas.

Pero pobre de la que él declare la guerra. Puede ser frío, humillante, desagradable, chismoso y hasta terriblemente cruel.

Las tres o cuatro personas que más le queremos tratamos siempre de justificarle ante los demás, enumerando sus mejores cualidades. Pero, cuando no está presente ningún extraño, queremos hacer de psicólogas y analizar el porqué de sus extremas reacciones.

Tras mucho filosofar, siempre llegamos a la misma conclusión: todo parece ser debido a una represión sexual que lleva demasiado escondida, y su forma de ser, su parte más banal, no le dejarán aceptar nunca.

Esto puede sonar muy freudiano, pero es real, muy real. Este hombre lleva una vida convencional y estrictamente ajustada a los dictados de una sociedad muy limitada y pasada de moda.

Muy buen chico, pasó su niñez jugando a las muñecas y montado sobre los tacones de su madre (esta solo tenía un par para ponérselo en feria, Semana Santa y en la procesión del Señor de la Salud y las Aguas), pero cuando Pepita se marchaba cada día a casa de sus señores a limpiar, él jugaba con las muñecas de sus hermanas, hechas de trapo por las manos habilidosas de su madre, y se calzaba los tacones, soñando ser una gran dama que cuidaba de sus hijos, elegante y sofisticada.

Más tarde, cuando era un mozalbete, empezó a trabajar duro para ayudar en la casa y, con apenas quince años, ya tenía novia formal.

Su madre estaba muy contenta porque la chica, además de guapa y de tener unos ojos verdes maravillosos, era formal, hacendosa y muy decente, un poco sosa, eso sí, pero el gracejo y desparpajo de su hijo hacían que se le notase menos al estar juntos.

Todo iba sobre ruedas y él se marchó a trabajar a la costa, ahorrando para casarse.

Bastante cuadriculado en cuanto a la economía, tendrían que llevarlo todo pagado; no querría tratos con bancos usureros. Así, construyeron su casa: cuando había para comprar ladrillos, se hacía obra; cuando no, se paraba.

Mientras tanto, como buen macho ibérico, guardaba celosamente la virginidad de su novia.

Él ligaba y se desfogaba por ahí como mejor podía (poniendo cuernos, claro). Esto sí que entraba en el esquema proyectado y así se hacía.

Tras la boda, se quedó en el pueblo trabajando, sin abandonar sus esporádicas y forzadas aventuras.

Más tarde, el nacimiento de su hija le afirmaría en el papel de hombre de bien que él mismo se había marcado. Sus sentimientos eran algo con lo que no contaba; es más fácil ignorarlos y chismorrear juzgando a los demás que afrontarlos y remar contra corriente.

Los días, los meses, los años, todo se sucedía y pasaba demasiado de prisa, en tanto su carácter y su imagen se iban deformando y su represión tomaba connotaciones y formas que se le escapaban de entre las manos. Su mente era un caos y su cuerpo se lamentaba, retorciéndose de dolor, cuando aparentemente se le ve todavía joven y fuerte.

Su infierno particular lo proyectaba sobre todas las personas de su entorno, haciendo con esa actitud partícipes a los demás de su sufrimiento, dañándolos y dañándose a sí mismo.

El camino pedregoso que ha elegido le desvía de todo lo real y lo ficticio; la fantasía dejó paso a la desesperación y el futuro imprevisible aguarda en los recodos y se esconde celoso tras las esquinas.

El horizonte, limpio o negro, lejano o tal vez presente, ya es impensable; la luz se esconde bajo los párpados de su única hija y la esperanza deshabita su corazón.

Mientras, aprende la lección a fuerza de palos de ciego que la vida le irá dando.

Tal vez llegue a ser él mismo alguna vez, se descubra y descubra en los demás que puede ser feliz, porque dentro de su alma tiene algo que dar. Entonces, no tendrá ni siquiera que abrir las manos; se le llenarán de la luz brillante y sosegada de la paz.

Y, tal vez, descubra el futuro, aprendiendo a soñar.

Abuela, cuéntame cuando la guerra (mi Morala)

La carretera de Málaga estaba polvorienta y medio destruida; iba empanada de gente. A un lado y otro iban quedando en el camino cuerpos sin vida.

Los aviones pasaban bombardeando y la destrucción avanzaba más que la masa de gentío que huía hacia la capital. Piedras y objetos extraños herían mis pequeños pies, que, calzados con alpargatas muy gastadas de esparto, estaban sucios y doloridos. Para tener apenas seis años, aguantaba muy bien la larga caminata. Desde hacía unos meses, la guerra civil había irrumpido en nuestras vidas, cambiándolo todo y marcándonos a todos para siempre; esta huida hacia ningún sitio haría de mí una mujer valiente y sin miedo a nada. Los miedos los pasé todos de golpe, sin tener cuerpo ni mentalidad para asimilarlos.

Habíamos salido del pueblo un par de meses antes. Mi madre, una mujer de treinta años, fuerte, valiente y muy enamorada de su marido, nunca se había separado de él.

Cuando los nacionales entraron en el pueblo, él se había marchado con los milicianos a la zona roja. Encarnación se quedó sola con sus cuatro hijos, la mayor de seis años y la más pequeña, con tres. Vivían en el llano al lado de su madre (mi abuela). La guerra, cruel como todas las guerras, avanzaba con sus horrores y sus miserias, y los pueblos se iban llenando de moros que formaban parte del ejército de Franco.

Encarna tenía una amiga con la que siempre se había llevado bien y también ella se había quedado sola. Un día, hablando con ella, le dijo que tampoco sabía nada de su marido; hacía un mes que ninguna de las dos tenía noticias. La cosa en el pueblo estaba bastante fea, entonces decidieron escapar a la zona roja y buscar a sus compañeros.

Encarnación, junto con su hermana, la hija de esta, su cuñada y mi padrino, Puchero, cogió a sus tres hijos mayores y se dispuso, junto a otros vecinos, a emprender el viaje.

Su hija Dolores, la más pequeña, se quedaría en el pueblo con mi abuela. Aquella noche, un buen grupo de gente nos disponíamos a huir, pero para ello había que burlar primero la guardia, después del toque de queda.

Un primo de mi madre, que era muy ocurrente, se fue al puesto de guardia del llano a contarles chascarrillos a los guardias. Un tipo simpático, como José, que así se llamaba este, consiguió entretenerlos, y mientras ellos se divertían, nosotros subíamos la calleja del Chorrito y corríamos detrás de la sierra, escapando del pueblo al fin.

Estuvimos toda la noche andando; a oscuras, solo la luz de la luna y la esperanza nos guiaban el camino a seguir. Al amanecer, escuchamos el ruido del camión blindado que iba para Salinas, como cada día, a llevar el pan a los soldados, y comprobamos con los primeros rayos del sol que estábamos cerca de Sacristán, un cortijo de la comarca.

Agotados, con hambre y sed, nos refugiamos detrás de unas lomas, cerca de Sartén Rota (otro cortijo de la zona). Nos echamos un rato a descansar. Sobre el mediodía, aparecieron unos hombres a caballo; eran de la milicia roja. Mi madre les salió al encuentro:

—¡Por favor, no nos matéis! —suplicó—. Estamos desarmados y vamos buscando a nuestros maridos.

El mando de estos interrogó bien a mi madre y poco después se ofreció a llevarnos. Todos los chiquillos subimos a la grupa de los caballos; las mujeres decidieron ir a pie, no era muy apropiado, según su mentalidad, subir a caballo con un hombre, pues ellas eran casadas y honradas. Fingiendo no estar cansadas, continuaron a pie.

Al atardecer, llegamos a la Rosa Alta. Allí había un destacamento de la milicia roja; nos pusieron de comer: había pan, agua y asadura frita. Comimos con tanta ansia que yo jamás he vuelto a probar la asadura, del empacho que pude coger.

En la sobremesa, sentados alrededor de una hoguera, comenzamos a charlar con los soldados; había algunos paisanos. Ellos nos contaban y nosotros les dábamos noticias del pueblo. Alguno se acercó a mi madre y dijo:

—Su marido es Zaleas, ¿verdad?

—Se llama Bautista.

Mi madre se incorporó, interrogándole:

—¿Tú eres del pueblo?

—No, señora —dijo el muchacho—, pero conozco a su marido.

Otro chico se acercó comentando:

—Bautista está en Cauche; llegó la semana pasada.

—¡*Pos* allí quiero yo ir! —dijo Encarna, impaciente.

—No se preocupe, señora. Mañana mismo al amanecer, cuando hayan descansado, la llevaremos junto a su marido. Esa es una de nuestras misiones: ir recogiendo a los que huyen y llevarlos junto a los suyos.

Dormimos allí, encima de la paja, con unas mantas. Un muchacho del pueblo, que le decían el Rosco, dejó su colchón para que durmieran mis hermanos pequeños. Mi José se meó aquella noche en la cama; mamá le quitó lo que pudo y lo puso a secar; solo había (y con suerte) agua, con ella le quitó el mal olor.

Hacía frío y el cielo tenía un negro impresionante que destacaba por millones de estrellas muy pequeñitas que alumbraban. Estaba muy cansada, pero no quería dormir para no perderme aquello. Nunca había visto un cielo tan grande y con tantas lucecitas.

Por la mañana, salimos para Cauche; a las doce del día ya estábamos allí. Nos llevaron al cuartel y allí interrogaron a mi madre.

—Señora —dijo el capitán—, esto es un trámite que hay que llevar a cabo con todo el que llega.

—Mire usted, caballero —contestó ella, segura y firme—, yo no tengo inconveniente en decirle todo lo que usted quiera saber, pero le aseguro que ni yo ni ninguno de los que vienen conmigo tenemos nada que ocultar. Somos gente decente y de paz que solo queremos dar con los nuestros y escapar de esta locura de miseria y muerte.

—En eso puedo yo ayudarla solo en parte, pues de esta locura, como usted la llama, no podemos escapar ninguno.

—Podrán estar cerca de sus maridos, al menos por el momento, porque decir mañana en estos días es mucho decir.

El hombre tomó buena nota de nombres, apellidos y edades; todo ello lo pasaría para publicarlo en un periódico que publicaban en la zona roja, detallando su avance y la gente que iban liberando.

Encarnación, al enterarse de ello, quiso volver a ver al capitán y, cuando lo tuvo delante, no dudó en suplicarle casi de rodillas:

—¡Por lo que usted más quiera, señor, no ponga nuestros nombres en el periódico! He dejado en el pueblo a mi madre y una niña de tres años; si nuestros nombres aparecen en ese periódico, me las van a matar.

Las lágrimas y desesperación de mi madre hicieron mella en aquel militar que, en medio de tanto horror, dio paso a la piedad, rompiendo el papel donde había escrito los datos de todos nosotros.

Poco después, apareció mi padre, tan guapo, tan alto con el uniforme, subido en aquel caballo; parecía un dios, un ángel protector que venía a librarnos de aquel infierno. Mi madre corrió hacia él y se abrazaron. Esa noche dormimos allí y al día siguiente nos marchamos a Casabermeja; en ese pueblo estuvimos tres o cuatro meses. Vivíamos todas las familias en una casa; los maridos iban a visitar a las mujeres e hijos cuando no tenían guardia; unas noches iban unos y otras el resto.

Frasquito

Mi hermano Frasquito era un niño precioso, con solo cuatro años, pero con un ingenio fuera de lo normal. Los soldados se reían mucho con él y este se iba al campamento con ellos, haciéndoles pasar un rato divertido. Se sabía todas las canciones de la tropa y todos los chistes a los que su corta edad podía alcanzar; con tanta gracia los contaba que siempre les superaba en altura. También les recitaba cosas que seguro le enseñaron ellos mismos, pero que, con su media clara y precisa lengua, hacía reír a aquellos hombres que luchaban por una vida mejor.

Aunque sus vidas en esos momentos no valían nada, pues se perdían, cada día, cada hora, cada minuto, con la misma facilidad que una gota de rocío que cae en el mar.

—Vamos, Frasquito —decían los soldados—, cántanos lo de Hazaña.

Él se subía a una piedra para que se le pudiera ver y cantaba:

El que quiera comer bien, barato y de buena forma,
que se vaya a Pozoblanco, que Hazaña tiene una fonda.
El primer plato que pone son granadas rompedoras;
el segundo, de metralla; el tercero, tirar bombas.

Con sus ojitos muy abiertos, esperaba anhelante las risas y palmas que los soldados le ofrecían y se sentía importante, en el centro de todos aquellos valientes que eran amigos suyos.

Aquel día no era como los demás; era, si cabe, aún peor. Se escuchaban tiros y bombas por los cuatro costados; las gentes gritaban y corrían en todas direcciones.

Las tropas nacionales habían tomado Málaga; los militares se marchaban hacia la capital y nosotros fuimos detrás. Avanzábamos poco; los aviones pasaban continuamente y teníamos que resguardarnos. Una de las veces que salíamos del escondite, nos pasaron los hombres a caballo; todos saludaban a Frasquito, le decían:

—¡Venga, Frasquito, que esta noche tienes que cantarnos!

El niño callaba y saludaba tímidamente con la mano y, de pronto, descubrió a mi padre y quiso correr tras él. Mi madre le sujetó como pudo y el niño, llorando a mares, decía:

—¡*Apaíto,* móntame en el caballo!

Los caballos empezaban a perderse de vista y el niño lloraba y lloraba.

Fue entonces que apareció Merenger, un primo de mi madre, con una borriquilla, y preguntó:

—¿Por qué llora el *chavea*?

—Porque se quiere ir con su *pae* —le contestaron.

—*Pos* anda, sube a la burra, que te voy a llevar con él.

Al rato, mi madre se inquietó y empezó a preguntar:

—¿Habéis visto la borriquilla de Merenger?

Pero, con tanto gentío, no se podía distinguir ni la borriquilla ni los caballos; inevitablemente les habíamos perdido. La desesperación de mi madre se multiplicaba por segundos, pero empeoró cuando tuvimos que salir de la carretera y coger otro camino (este de vuelta) sin mi padre y sin el niño. Los aviones bombardeaban sin parar a un lado y otro del camino, cada vez había más muertos.

Encarnación, con la paciencia y el dolor de madre que la inundaban, le daba la vuelta a todos los cadáveres de niños y hombres, que creía podían ser los suyos, uno tras otro, con la esperanza de que no fuesen ellos y con el dolor de que quizás estuvieran así en otro lugar.

—Vamos, Encarna —decía su hermana—, si ellos van por otro sitio, mujer.

Ella lloraba desesperada, pidiendo al cielo que no estuviesen muertos.

Mi tía, la hermana de mi madre, apenas si podía ya andar; estaba de nueve meses, y el parto podía presentarse en cualquier momento.

De vuelta a casa

Estuvimos andando todo el día por caminos destrozados, árboles partidos en dos, incendios, destrucción, a un lado y otro, solo muerte y desolación. Al anochecer, llegamos a Cauche de nuevo; esta vez, nos refugiamos en un molino. A los niños, junto con mi padrino, nos mandaron arriba. (Puchero, como le decían a mi padrino, era el único hombre de aquella comitiva; se disfrazó de mendigo para no dejarnos solas y así ni uno ni otro bando dijeron de reclutarlo).

Había allí, al final de aquella estrecha escalera, una habitación con una ventana muy pequeña, y estaba rodeada hasta arriba de sacos llenos de azúcar. Con sorpresa y alegría nuestra, hicimos un agujero y por allí sacábamos terrones que comíamos ávidamente hasta sosegar el hambre que traíamos; nos atiborramos hasta que nos rindió el sueño.

Mientras tanto, mi tía paría encima del aparejo de una burra; tuvo una niña preciosa, la liaron en un trozo de manta y por la mañana reanudamos el camino de vuelta al pueblo. Mi tía, una mujer dura y muy fuerte, cogió en brazos a su bebé y de la mano a su otra hija, poniéndose en camino.

Encarna seguía su tarea, mirando cada cadáver que se le parecía a los suyos. Ya cerca del pueblo, vimos venir un jinete a lomos de una borriquilla; ella corrió a su encuentro. Efectivamente, se trataba de su primo, el mismo que se había llevado a su hijo.

—¿Dónde está mi niño? —preguntó, ansiosa y desesperada.

Su primo, tratando de tranquilizarla, le explicó que al niño lo había dejado con su padre, pues lo encontraron a poco de recogerlo; el chiquillo había subido al caballo con él, perdiéndose ambos poco después entre la multitud.

No es que la explicación tranquilizara mucho a Encarna, pero al menos le dio la esperanza de que aún estuvieran vivos. Un poco más sosegada, pero no menos preocupada, continuó el camino, vigilando atenta a sus otros dos hijos, con miedo de que se le fuesen a despistar en algún revolisco de los que se armaban a cada momento.

Al llegar al pueblo, nos dijeron que había que presentarse en el cuartel de la Guardia Civil; las puertas de este estaban colapsadas de la gente que iba llegando de fuera, rendidos y sin esperanza. Todos los lugares estaban en la misma situación y todas aquellas personas, viajeros sin equipaje, harapientos, sucios y muertos de hambre, volvían a su pueblo de nuevo, tal vez al encuentro de la muerte, pero buscando en sus orígenes la paz, esa paz tan lejana y añorada, para algunos tan desconocida.

Habían pasado del purgatorio del servilismo y el hambre al infierno de una guerra tan cruel que pisoteaba lo poco de dignidad que les quedaba, y como animales enjaulados iban quemando sus últimos ideales, tratando solamente de sobrevivir, que ya era mucho. A las puertas del cuartel, mis pequeñas y delgadas piernas temblaban; los que entraban allí o salían atados hacia la cárcel o para la puerta del cementerio en aquel desvencijado camión que se iba llenando poco a poco con gente que lloraba y suplicaba.

Pasaba por allí un tío de mi madre y yo me abracé a él, gritándole:

—¡Llévame con mi abuela!

Como era una niña pequeña, me dejaron ir y él me llevó con mi abuela, que estaba en casa de su señorito limpiando, y con ella me quedé hasta que soltaron a mi madre y a mi José. Los tuvieron presos unos pocos días; mi abuela iba a verlos a la cárcel y a llevarles algo de comer, pero yo no quería ir con ella; tenía miedo de que me dejaran allí a mí también. Cuando las pusieron en libertad, fueron a casa de mi abuela; sus casas las habían ocupado los moros, regalando sus enseres a los vecinos.

Mi madre era modista y su máquina de coser se la devolvió una vecina.

—Mira, Morala —dijo esta—, a mí me la dieron y yo la recogí, pero es tuya. Tómala para que puedas trabajar y dar de comer a tus hijos.

A mi abuela, su madre y a sus hermanas les decían Moralas, porque su abuelo era Morales de apellido, y de ahí todos los descendientes varones eran Moralos, y las hembras Moralas.

Apodo que casi todo el mundo solía tener en el pueblo; se conocía a las gentes más por el apodo que por sus propios apellidos.

Uno más

Cuando dejaron libre a Encarnación, ya se había dado cuenta de que estaba otra vez embarazada; las noches junto a su marido habían dado su fruto. Esta era una angustia más que se sumaba a las muchas que ya tenía: su marido y su hijo perdidos, probablemente muertos, sin casa, sin ropa y sin nada que dar de comer a los tres pequeños. Mi madre y sus hermanas se pusieron a trabajar como locas; la abuela, mientras tanto, cuidaba de todos los niños.

Sacando de donde no había, primero hacía gazpacho frito, con caldo de gazpacho hecho de agua, sal y vinagre; le añadía harina, lo freía como si fuesen tortitas y, emborrizándolo en azúcar, los vendía a los soldados. Como había tanta hambre, le sabían a gloria y con ello sacaba para comer algún día que otro.

Encarna ya estaba a punto de dar a luz y todavía no había tenido noticias de su marido y de su hijo; ya estaba casi por perder la esperanza de volver a verlos vivos, pero tampoco nadie le había dicho si podían haber muerto; no sabía absolutamente nada de ellos. Como si se los hubiese tragado la tierra. Un día les lloraba por muertos y al siguiente alimentaba la esperanza de que estuviesen en cualquier lugar a salvo.

Se puso de parto a medianoche y durante la madrugada, mientras nacía su hijo Bautista (este niño se llamaría igual que su padre), mataban a mi tío José, hermano de mi madre; lo fusilaban en la puerta del cementerio junto a tres paisanos más. José, un hombre apolítico, que no se metía con nadie, como decía mi abuela. Pero cuando se tomaba una latilla de vino, decía cuatro verdades al más *pintao;* en esos momentos, esa fue su condena a muerte.

El dolor estaba cada día más presente; la guerra seguía su curso sangriento, Franco iba ganando posiciones, mi madre había perdido a sus dos hermanos varones y tres cuñados, todos hermanos de su marido, unos políticos, hombres cabales de ideales y otros hermanos de estos simplemente, todos fusilados y expropiados; también primos y amigos, incluso muchas mujeres que se atrevieron a levantar la voz.

El pueblo entero estaba de luto; mantos negros cubrían no solo las cabezas de las mujeres, también los corazones de un país que en ruinas daba por terminada una guerra cruel e injusta, una guerra entre hermanos que no debería repetirse nunca más.

La guerra había terminado; mi hermano Bautista tenía dos años, pero legalmente no existía. Para empadronarlo, exigían que mi madre lo inscribiera como hermano suyo, ya que su marido no estaba aquí cuando el niño nació; mi Morala no consentía, ni que pensaran siquiera que el niño no era de su marido, por eso no lo apuntaba en ningún sitio. Había muchos niños sin bautizar en el pueblo; unas señoras muy católicas decidieron hacer una obra de caridad y poner a bien con Dios a todas aquellas criaturas. Visitaban a las familias e iban censando a todos los niños y citándolos en la parroquia del pueblo para su posterior bautismo.

Encarnación los recibió en su humilde casa, con educación y respeto, pero habló clara y concisa:

—Yo no tengo ninguna objeción para bautizar a mi hijo; con todos los demás ya lo hice en su momento, pero este, me lo ha hecho a mí mi marido y para apuntarlo, se apunta como hijo suyo y si no, no se apunta.

La fuerte personalidad de Encarna y la seguridad de esta no hicieron mella en el firme propósito de estas mujeres dispuestas a cumplir con su objetivo. La convencieron de la única manera posible, asegurándole que se haría tal como ella quería y ella fue a la parroquia a bautizar a su hijo.

Aquel día, allí hubo por lo menos cien niños bautizándose; mi hermano daba unas carreras por el templo que no lo podíamos sujetar. Al final de la ceremonia, le regalaron un cartucho de caramelos que todos disfrutamos, ya que algunos no los habíamos probado nunca. Muchos años después, cuando mi hermano se disponía a irse a la mili, descubriría mi madre que aquellas buenas mujeres la habían engañado, inscribiendo al niño como hermano suyo y de padre desconocido.

El retorno

Mi padre y mi hermano ya iban para tres años que estaban desaparecidos. La posguerra, con todas las miserias que esta había dejado, trataba de sostener una paz que estaba muy lejos de serlo.

El miedo y el dolor habitaban en todos los hogares; el rencor y las rencillas se habían apoderado de todas las familias. Las miserias humanas habían abierto heridas que todavía hoy escuecen y en las que se debe hurgar de vez en cuando para evitar que aquello no vuelva a suceder jamás. Algunos volvían para enfrentarse a su propia muerte; otros quedaban desaparecidos para siempre. Los más afortunados permanecieron bajo tierra durante décadas (serían llamados los topos muchos años después) para poder conservar lo único que les quedaba: su vida.

Encarnación trabajaba día y noche para que sus hijos no pasaran demasiada hambre; amasaba de noche y hacía mantecados y bollos que ella misma vendía. Con mi ayuda, ya que yo era la mayor (tenía nueve años), de casa en casa, con dos canastos de caña, vendíamos la mercancía, todo el día en esas calles, toda la noche elaborándola. Mi madre, yo no recuerdo cuándo se acostaba, solo recuerdo verla dar cabezadas en la silla cuando alguna vez se sentaba. Los días y las semanas se sucedían y no había noticias de los nuestros. Mi madre, al ver que los que volvían no traían noticias, que nadie los había visto ni habían escuchado hablar de ellos, se desesperaba.

Un día se fue a casa de un buen hombre que se llamaba D. Luís. Este la recibió en su despacho, atento, serio y respetuoso;

ella, con la valentía que la caracterizaba, le enfrentó altiva, segura y decidida

:—Mire usted, don Luis, hace tres años que no sé nada de mi marido y mi hijo. Haga usted el favor de escribirme a la zona roja a pedir noticias de ellos y si me quieren matar que me maten, pero yo quiero encontrarlos.

El hombre, serio pero bondadoso y humano, le dijo:

—Siéntate, Morala. Nadie va a hacerte daño. Yo haré lo que pueda para encontrar a tu marido y tu hijo.

Y escribió una carta muy escueta que decía así:

Necesito noticias de Juan Lara Bustos y su hijo.

La carta tuvo respuesta cinco o seis meses después, pero al fin llegó.

Mi padre y mi Frasquito estaban vivos, llevaban un año y pico en Valencia con la milicia roja, y al terminar la guerra, vivían en un campo de refugiados. Mi hermano, el único niño, era el niño bonito de todos ellos. Primero, en los campamentos con la tropa, cuando se desplazaban él iba con ellos, y cuando no estaban, se quedaba al cuidado de algunas mujeres que acompañaban a los soldados. Entre ellas había dos paisanas, María la Sosa y una Juarnia, mujeres estas de ideales muy claros y que, como no podían ser soldados, los acompañaban en todas sus aventuras y desventuras. Con todos ellos, habían pasado los tres últimos años, y Frasquito no solo era el niño de todos, sino que se había convertido en el centro y la ilusión de cada uno de ellos.

Habían pasado seis meses desde que le escribieran a mi madre aquella carta. Un día, cuando nos disponíamos a salir a vender los mantecados, después del mediodía, llamaron a la puerta. Era un hombre que hacía de cartero.

—Morala —dijo—, traigo un sobre para ti, pero tendrás que firmar estos papeles para que puedas abrirlo. ¿No tendrás por ahí un lápiz? —preguntó.

Bueno, pedir un lápiz en esos días era más o menos como pedir la luna. Pero mira por dónde, yo tenía un lápiz; alguien me lo había dado cuando iba vendiendo. Era pequeño y gastado, pero el único tesoro que yo tenía. Mi madre se acordó enseguida, diciéndome:

—Anda, niña, tráeme ese lápiz que tenías por ahí, a ver qué es lo que pasa hoy.

Yo le di mi lápiz con todo el dolor de mi corazón.

Encarnación abrió el sobre, nerviosa y casi temblando. En el interior venía una fotografía; las lágrimas no la dejaban verla. Tuvo que sentarse, pálida como una muerta, sus piernas no la sostenían. Apenas podía dar crédito a lo que entre aguas veían sus ojos: en aquella foto aparecía su marido, fuerte y guapísimo, como siempre. Tenía un vendaje en el brazo derecho que apenas se advertía, y a su lado, sosteniéndolo con el brazo izquierdo, estaba su hijo. Había crecido bastante. Tenía una boina calada en la frente que dejaba ver sus vivarachos ojos. Dejado caer levemente en el brazo de su padre, reflejaba en su rostro una cierta timidez, a la vez que una posesión, complicidad y unión, junto con el gran amor que se tenían mutuamente y que les uniría de una manera especial el resto de su vida.

La carta que contenía el sobre era muy escueta, pero suficiente. Encerraba en aquellas dos frases todo lo que ella anhelaba en esta vida:

Tu marido e hijo están bien. Abrazos.

Bueno, para qué decir el revuelo que se formó en mi casa. Cuando yo quise darme cuenta, el cartero se había llevado mi lápiz; estuve toda la tarde llorando y mi pobre madre mirando aquella fotografía, como si en ella pudiera leer todo lo que no le pudieron escribir, adivinando en los rostros de sus dos amores todas las penalidades que habían pasado y cuántas veces habrían burlado el negro fantasma de la muerte.

A partir de ese día, teníamos noticias de ellos regularmente; no nos quedaba más que esperar a que muy pronto pudiesen volver.

La vuelta a casa de mi padre y mi hermano sería siete meses después, con la buena suerte de que mi padre había salvado la vida a un señor del pueblo importante en Valencia, a principios de la guerra, y esa hazaña le salvaría a él la suya años más tarde.

Volver en la posguerra no era tan difícil; lo que era casi imposible era sobrevivir a la vuelta. Al que acusaban de rojo le encarcelaban y, después de sufrir torturas, hambres y miserias, lo que les esperaba a casi todos era la muerte. Diariamente había fusilamientos. Juicios rápidos, alguno puede que justo, la mayoría injustos y vengativos.

Estaban en el puerto de Valencia a principios del 37, en la zona roja, habían hecho muchos prisioneros y se estaba celebrando un juicio. Un compañero comentó a mi padre:

—Bautista, entre esos reos hay un hombre que es de tu pueblo.

Mi padre cogió su caballo y se desplazó a la cárcel; por supuesto, enseguida reconoció a su paisano: era un buen hombre al que no se le conocían crímenes de guerra ni nada por el estilo. Bautista solicitó declarar a favor de este caballero, y como él era un hombre honrado y muy respetado en su milicia, le escucharon dejándole en libertad.

Años después, cuando Bautista vuelve, le apresaron rápidamente; era un preso político con muy pocas posibilidades de sobrevivir. Cuando aquel caballero se enteró de que estaba en el pueblo, se presentó en el cuartel y más tarde ante el juez, y defendió a Bautista con la misma lealtad y honradez con que él lo había hecho en su momento con su persona. Le dejaron en libertad sin cargos, no volviéndole a molestar nunca. Mi padre nunca mencionó el nombre de este señor, aunque contaba la historia y hablaba siempre de él, pero no lo nombraba; en el pueblo nos conocíamos todos y a él no le gustaba señalarse, ni que le señalaran. La maldita guerra había dejado heridas que no se curarían nunca. Ellos eran seis hermanos y la guerra los había dividido y separado. Dos varones habían muerto fusilados; hombres honrados, de ideas justas y claras, habían sido expropiados y muertos injustamente, dejando a sus familias solas y arruinadas. Sus hermanas habían huido con su familia; vivieron durante muchos años en la Línea de la Concepción. A María y Juliana las vería de vez en cuando a lo largo de su vida, pero a su hermana Dolores no volvería a verla jamás; esta huyó a Gibraltar y no se supo de ella hasta treinta años después, en que hablaron por teléfono, pero no volvieron a verse.

Su tercer hermano, Luís, había muerto del corazón durante la *corría* de Málaga. Por otra parte, sus cuñados, hermanos de mi madre, también estaban todos muertos; dos varones que habían caído, saciando así las ansias de venganza de hombres que no tenían nada en contra de ellos, porque estos eran hombres tranquilos, que no sabían de política y que, sabiéndose inocentes, lo fueron tanto que en ningún momento creyeron necesario huir ni esconderse, y eso fue su sentencia de muerte.

Aquella mañana, Encarnación madrugó igual a cualquier otra y, cuando lo tuvo todo dispuesto, cogió sus canastos y, dejando los niños pequeños a cargo de su madre, que vivía en la casa más abajo, se fue a vender su mercancía. Cuando ya era media mañana, vio venir el coche de la estación, se apartó, pero cuál no sería su sorpresa cuando el conductor paró el coche y la llamó:

—¡Morala, Morala!

—¿Qué pasa? —dijo ella.

—Tu marido y tu hijo están en la estación. Ya mismo te los traigo *p'acá*.

Encarna no supo nunca cómo pudo llegar a su casa; tiró los canastos en el zaguán y fue a darle la noticia a su madre:

—*Amá, amaíta,* que ya vienen, que ya están en la estación. Por fin van a traérmelos.

Las dos mujeres lloraban y reían abrazadas.

Mi madre, se lavó la cara, peinándose cuidadosamente, y, después de alisarse su blanco delantal, salió a la calle para ir al encuentro de su marido y su hijo; no podía esperar a que llegasen a su casa; ya había esperado demasiado.

Iba corriendo calle abajo como un villano. A lo lejos, vio dos figuras que no podía distinguir muy bien porque el sol le daba de frente y la cegaba. Pero los ojos de su alma supieron enseguida quiénes eran; abrió los brazos y corrió, si cabía, aún más hacia ellos. Genoveva, una vecina y amiga, la había visto pasar y la seguía muy de cerca.

Al tenerlos delante, fue tan fuerte la emoción que la embargaba, que cayó hacia atrás desmayándose. Genoveva, que iba a su lado, la sostuvo, frenando así la caída que pudo ser grave. Cuando abrió los ojos, estaba en los brazos de su marido, que la acariciaba y golpeaba suavemente sus mejillas para hacerla volver en sí.

A su lado, cogiéndole la mano, estaba su niño, con carita de asustado, pues no sabía muy bien qué estaba pasando. Se incorporó, abrazándoles a uno y a otro, y, hechos un ovillo, estrechamente enlazados, subieron hasta su casa. Un ovillo que, ni siquiera la muerte muchos años después, lograría deshacer.

Milagro en Nochebuena

Por la ventana, Gracita mira atentamente cómo caen los copos de nieve. Escuchando el silencio, su propio silencio, que es blanco, como la alfombra aterciopelada que cubre la calle.

No piensa; ya no sabe pensar, pero siente, palpa la paz que reina en ese momento a su alrededor. Sonríe, lo hace por instinto; a veces también llora sin saber por qué.

En ese momento, entra un hombre en la habitación:

—Buenas noches, Gracita. Te llamas así, ¿no?

La mujer le ignora y guarda silencio; el visitante insiste.

—¡Qué Nochebuena más hermosa con tanta nieve! Supongo que habrás vivido muchas como esta.

—No sé, no me acuerdo.

—Pero sí sabes que estamos en Nochebuena, ¿verdad?

—¿Y eso qué te importa? Eres un *metiforis*. ¡Déjame tranquila! ¿Y por qué sabes mi nombre? Yo a ti no te conozco.

—Como no te acuerdas, pues te he dicho un nombre cualquiera. Y tú has contestado.

—¿Ves cómo eres muy enterado? ¿Por qué sabes que me llamo así? Tú te vas a inventar. ¡Anda, hombre! Me llamo María de Gracia, como la Virgen, y mi papá me decía Gracita. Por eso lo sabes.

—Mujer, no te enfades. He venido para invitarte a dar un paseo.

—¿A la calle? ¿Me vas a llevar a la calle?

—Sí, con la condición de irme contando todo cuanto veamos por el camino.

—¡Hecho! Te cuento todo lo que tú quieras.

La toma de la mano y viajan a través de puertas y ventanas; caminan sobre la nieve y ella va narrándole por dónde pasan y contando cosas de su niñez.

—¡Mira! Esta es la calleja de San Antonio. Esa niña que corre con una cesta de palma colgada del brazo soy yo. Es Nochebuena, se escuchan zambombas y panderetas. Escucha, son los niños, que van de casa en casa pidiendo el aguinaldo. Escúchalos.

Eche usted, eche usted, dinerillos en el delantal.
Eche usted, eche usted, güeno *va,* güeno *va.*
Échame una perra, no seas cobarde,
que con una gorda tenemos bastante.

—Las cosas de antes eran bonitas, se disfrutaban mucho.

La niña continúa bajando la calleja, saltando y brincando de piedra en piedra. Una vecina le advierte.

—¡Niñaaa! No corras, que te va a estrellar.

—Esa señora es Purilla la Pinea. Siempre que hay bodas, entierros, bautizos o cualquier tipo de celebración allí está ella, con su delantal de cuadritos; no se pierde ni una.

»Esta es la esquina del maestro Lara. ¡Qué de gente hay en las tiendas! La tienda de enfrente a la derecha es de Vicente el Gordito; la que hay a la izquierda —esa es nueva— la ha abierto Lola la Pincha, es muy moderna; tienen frigorífico y venden pescado congelado. Se nota que es Nochebuena, en todas las casas está la luz encendida.

»Esta plazuela se llama Los Caños. Esa es la tienda de Nuevo, hay cola, no veas. ¡Claro! Hoy habrán cobrado los aceituneros, por eso hay tanta gente.

»Voy a dar la vuelta por la acera; hay muchos charcos; hoy no ha llovido, pero como los *chaveas* juegan con el agua del pilar, siempre hay charcos. ¿Ves? Paco ya está cerrando; me gusta ir a esa tienda, tienen dos máquinas para despachar aceite. ¡Me encanta! Le dan a la manivela y sube la aguja roja; después le vuelven a dar y pone en la botella el aceite justo, no sale ni una gota de más.

»Qué ruido, ¿verdad? Es una taberna, se llama Los Manueles. Es lo primero que te encuentras cuando subes la calle Empedrada; las zapaterías también están cerrando, está visto, ¿quién va a comprar zapatos la Nochebuena?

»Ven, mira. La tienda de Javier, esta sí que me gusta; cuando llega la Pascua, quitan los muebles y ponen unas estanterías muy grandes, todas llenas de juguetes; aquí me quedo embobada, mi padre dice:

—Vamos, niña.

—¿Ves? Esperándome.

—¡Qué bien huele en los Cuatro Cantillos! La Colorina asando castañas. Voy a calentarme las manos, estoy helada.

»¡Ay, por Dios! Mi padre me llama. ¡Voy, papá! El pobre… Lleva rato esperándome. Vamos a comprar dulces de Navidad en la confitería de San Juan. Allí hay dos mocitas, ¡muy guapas! Vestidas de blanco, con una cofia; tienen las manos muy bonitas, también muy blancas y las uñas largas y pintadas. Son muy ceremoniosas con las pinzas, van y vienen cogiendo pasteles de la vitrina; a mí me parecen delicadas, dulces y blanditas como los merengues.

La cesta está casi llena; este año le han dado una buena paga a papá. Llevamos una botella de menta, otra de anís dulce, licor 43, un salchichón Abella. ¡El más grande que tengas! —ha dicho mi padre—, un cuarto de mazapán, peladillas, piñones y cidra confitada para mamá, que le gusta mucho.

Con las dos manos, no consigo levantar la cesta del suelo; papá la coge y hace como que le ayudo, pero solo apoyo las manos; él la carga por los dos, así disimula.

No estaba bien visto en esos tiempos que los hombres fuesen con una cesta por la calle y él, como es tan tímido…

Cuando llegamos al kiosco de Pinea ya está allí mi madre; ¡ella sí que es fuerte! Coge la cesta y sube la calleja volando.

Papá me da un beso y se despide diciendo: «hasta luego, chiquita; ya mismo estoy en la casa».

Una enfermera entra en la habitación, enciende la luz y se dirige a la anciana.

—¡Gracia! ¡Gracita! Despierta, llevas toda la tarde durmiendo.

—Eso no es verdad, estuve de compras con mi padre; es Nochebuena.

—Sí, tu padre… ¿Hoy qué? ¿Le ha tocado a él?

—No estoy chalada, mi padre ha venido a verme.

—No, no estás chalada; solo que lo has soñado.

—No y no, no lo he soñado. Mira, asómate a la ventana y verás que es verdad.

La enfermera se acerca a la ventana; sobre la nieve hay huellas recientes y profundas de botas de obrero y zapatitos de niña. Las huellas continúan, haciendo un camino a lo largo de la calle y se pierden en la lejanía. Gracita sonríe feliz porque sabe que es cierto y la ha convencido.

Pan amargo

El gallo había cantado hace rato; puse los pies en el suelo helado. Mis ojos, medio pegados por las legañas, se sorprendieron una vez más al ver aquella imagen sobre la almohada de muselina blanqueada, con sol y ceniza. Sobre ella se derraman las hebras doradas de su cabello rubio.

Duerme plácidamente; la piel nacarada de su rostro invita a acariciarla. Mis dedos encallecidos se alzan sobre la cara suave y perfecta de Adela.

Curtidas mis manos de sol y arado, temen arañar la piel inmaculada, las líneas perfectas de la barbilla y el cuello, blancos, tersos, suaves.

Siguiendo el ritual de cada mañana, voy al lavabo de madera que está junto a la ventana; todo listo, el agua en el jarro, la toalla limpia cuelga del lateral derecho, vacío el agua en la palangana y me lavo la cara resoplando; está helada.

Veo mi imagen reflejada en el espejo, la semioscuridad, las esquinas manchadas y ennegrecidas por la humedad, el rostro de hombre curtido y quemado por el sol y el frío, los surcos que, como en la tierra, se van marcando con los años, la delgadez y la falta de alguna que otra pieza dental me dan un aspecto terrorífico.

Miro de nuevo a mi mujer: ¡Tan hermosa! La quiero con locura.

Nos enamoramos muy jóvenes; llenos de sueños, nos casamos. Una cómoda, el lavabo y la cama eran todo nuestro ajuar.

Los amigos y vecinos nos regalaron alguna olla, seis platos, unos tazones; el candil nos lo hizo mi amigo el herrero. La casa nos la cedió el señorito para quien yo trabajo; está en un buen sitio, un poco destartalada, pero se veía aún más grande tan vacía.

La primera visita fue de don José —mi señorito—; iba con un gañán del cortijo y traía dos sillas de aneja blanca.

Qué bien nos vinieron. Estábamos los dos de pie junto al humero; yo había traído una pañeta de leña y el fuego estaba caldeando la habitación.

Don José fue muy amable, me ofreció unos muebles viejos que había en la parte de arriba del pajar en el cortijo. Si los quería, con un poco de maña podía ir gobernándolos y quedarían como nuevos.

Al día siguiente, venía el señorito montando su jaca canela y me sorprendió, ya anochecido, en la puerta de los pajares, con un montón de trastos viejos que no sabía de qué manera iba a llevar al pueblo.

Me dijo:

—¿Antonio, todavía estás aquí?

Contesté:

—Como siempre, don José, pero hoy haciendo cábalas a ver de qué manera me llevo esto.

Muy rumboso —como es él, en realidad—, dijo:

—Chiquillo, mañana coges el carro y los llevas a tu casa.

En el patio de mi casa había un cobertizo; allí lo dejé todo y, poco a poco, fui haciendo cosillas. La mesa redonda para el brasero, unas cantareras, el platero, otra mesa de cajón para la cocina… Con mucho esfuerzo, fuimos adecentando nuestra casita; las paredes estaban vacías, eso sí, blancas que dolían los ojos al mirarlas; los suelos, recortados y fregados con *colorao*. Adela, con los años, les ha sacado hasta brillo; meramente parecen un espejo.

Trabajábamos mucho, de sol a sol, pues todavía nos quedaban ganas de querernos cada noche. Nunca nos sentimos pobres; siempre fuimos muy dichosos.

Cuando nació nuestra primera hija, le hice la cuna y su madre cosió los pañales.

¡Qué día más grande! Cuando llegué del campo y vi a mi niña, igualita a su madre, rubia y blanca como un pegujal de harina. ¡Qué contentos! Allí estaban mi suegra, mis cuñadas, las amigas de Adela y hasta don José, qué hombre más servicial.

Se ofreció a ser el padrino de la niña y, con mucho gusto, los dos estuvimos de acuerdo en que lo fuera.

La decisión pareció acertada; él, con tantos duros, se prendó de la chiquilla. Que no es porque sea mi hija, es que la zagala es un primor.

A partir de ese día, iba todas las tardes a verlas; cuando yo llegaba del campo, don José estaba siempre allí, con su vasillo de vino y las aceitunillas que mi mujer aliña bastante bien.

Pasaron los días, los años, y mi casa florecía como un prado de amapolas; llegamos a tener hasta un jamón colgado de la cornisa.

Ahora don José nos regala todos los años un cochino y, como esta mujer es tan capaz, hace ella la matanza y todo le sale muy bueno. La alacena ya estaba a reventar de comida; cada vez éramos más bocas que alimentar. Y el «señorito», que comía aquí todas las noches.

Yo cada día tenía más obligaciones en el cortijo y cada vez más viejo. Muchas noches ya estaban todos durmiendo cuando yo llegaba. Adela me esperaba liada en la toquilla, medio dormida;

para mí que se levantaba cuando escuchaba echar el aldabón de la puerta. Yo pensaba que era así, porque las sábanas estaban siempre arrugadas cuando yo iba a acostarme.

Las voces de mis hijos me acaban de espabilar; bajo la escalera, ya están los dos con los mulos aparejados para irnos al campo.

La niña ya es una mujer y se queda en la casa para ayudar a su madre.

Los miro y me siento orgulloso de ellos; los he criado bien, son buenos y trabajadores, me quieren y me respetan. Pero por más que busco en sus rostros y en sus cuerpos, no tienen ni un pelo igual a mí. Lo más extraño es que ninguno se parece tampoco a su madre. ¡Ay! Los pobres no tenemos más fortuna que agachar la cabeza y ser prudentes.

Y quererlos, sí, quererlos como mis hijos que son.

Panfletos

La tarde calurosa de julio no me ha dejado dormir la siesta. Pasé horas escuchando música y, aburrido, decidí poner la televisión; hacía *zapping*, mirando distraído con la mente en otro sitio, cuando sonó en mis oídos «Archidona». Miré la pantalla atentamente y ante mis ojos pasaron paisajes y calles que ya tenía casi olvidados, con más color, pero con la misma luz reflejada en sus fachadas blancas.

Nuevos edificios que mantienen su ambiente de pueblo, sin estropear la belleza natural del mismo, blanca y luminosa como siempre —Archidona—.

Retransmitían una corrida de toros; y, aunque yo no soy muy partidario de la fiesta, sin embargo, no podía apartar mis ojos de la pantalla, disfrutando de los primeros planos de la vieja y hermosa Plaza Ochavada.

Mientras tanto, mis recuerdos acudían en un torbellino imparable a mi cabeza. Comencé, sin darme cuenta, a revivir aquellos años de estudiante en aquel pueblecito de Andalucía que nunca había olvidado.

Corría el año 1960 cuando mis padres me llevaron interno al Colegio Menor; casi dos días de viaje desde Extremadura en tren, traíamos piconilla hasta en los dientes. Mis padres se alojaron en la pensión de Jerónimo; a mí me dejaron directamente en el colegio.

Entramos al zaguán; a la derecha de la gran puerta de madera que daba paso al interior de la casa, pendía una cadena de la cual tiramos y activó una ruidosa campanilla que hacía de llamador. Una señora joven con un delantal a rayas abrió la puerta y nos dio paso al despacho del director; este estaba a la derecha, justo enfrente de una ancha escalera que conducía a los dormitorios.

El colegio era una casona antigua habilitada para dicho menester, mientras tanto se hacían las obras del nuevo colegio en la Plaza Ochavada.

Una baranda de hierro o forja pintada de blanco, con el pasamanos de madera, un ventanal también pintado de blanco se alzaba en la primera meseta de la escalera; en la parte más alta formaba una media circunferencia.

Este ventanal tenía vista al comedor; a través de sus cristales se podían adivinar las mesas montadas para la cena, que la penumbra del atardecer no dejaba ver claramente. Un ventanillo al fondo comunicaba con la ruidosa cocina, donde se oían risas y movimiento de cacerolas, junto al tintineo de la loza, seguramente ultimando ya la cena que estaba próxima.

Mi primer año en Archidona fue muy enriquecedor; descubrí callejuelas empedradas y pequeñas casitas de chimeneas humeantes, los hombres que salían al campo muy de mañana y volvían al atardecer con sus borriquillos cargados de leña o de hierba fresca para los animales. Los señoritos paseaban en sus jacas elegantes o fumaban puros en la puerta del Casino; las mujeres, con el hatillo en el cuadril, iban al Molino Don Juan para lavar la ropa en el «Cao».

Este pueblo acogedor, sencillo y respetuoso fue calando en todos nosotros —jóvenes muchachos— que empezábamos a descubrir que, más allá de los muros de nuestras acomodadas casas, donde no faltaba la leche, el pan, unos buenos zapatos y un abrigo de lana para el invierno, existía una realidad más cruda; la de esas gentes que todavía arrastraban la miseria de la posguerra, que un gobierno dictador y totalitario le seguía haciendo pagar por haber querido un día ser libres y ganarse el derecho a un pedazo de pan.

En ese momento, las bases del gobierno eran el nacionalismo, el catolicismo y el anticomunismo; servían de apoyo a un régimen de dictadura militar autoritaria que proclamó una democracia orgánica y un dictador que se aclamó a sí mismo «caudillo y luz del Pardo».

Por aquellos días, las relaciones internacionales no existían. Se formó una organización de políticos tecnócratas del Opus Dei para reanudar dichas relaciones.

Éramos ocho amigos, compañeros de dormitorio y de mesa en el comedor, niños de familias de bien, muy inteligentes, con las inquietudes propias de la juventud, junto con los conocimientos que íbamos adquiriendo. Nos empezaban a motivar y teníamos conversaciones a hurtadillas que para nada tenían que ver con lo que nuestros educadores querían inculcarnos.

Después de darle muchas vueltas al tema, decidimos que había que hacer algo; nos dedicamos a redactar unas octavillas y unos panfletos, donde censurábamos al régimen, criticando la falta de libertad para expresarse e investigar qué más había aparte de lo que nos habían enseñado.

A finales de abril de 1961 nos dedicamos a repartir nuestros panfletos en todas las clases y en todos los pupitres del Instituto.

¡Se formó! Los profesores llamaron al jefe de Estudios y este al director. Se reunieron todos y comenzó la investigación.

Todos teníamos miedo, y todos intentábamos pasar la pelota para no vernos involucrados en un asunto tan mal visto. Al final fueron cogiendo pistas, y llegaron a la conclusión de que habían sido los mayores del Colegio Menor.

Entonces la investigación se quedó entre aquellas cuatro paredes.

El director del Colegio era un hombre muy directo; aquella noche, a la hora de la cena, entró al comedor y, con ese vozarrón autoritario que no daba tregua, ordenó que dijésemos quién o quiénes eran los culpables de aquella sublevación. La coletilla era... que no comería nadie ni se irían a dormir hasta que no se aclarase todo.

Un murmullo recorrió el comedor. En nuestra mesa se hizo un profundo silencio. Alguien tenía que romperlo y fui yo precisamente.

—Si queremos luchar de alguna forma por los demás, opino que no es la manera, dejando que paguen otros nuestra culpa —dije.

Se rompió el silencio y el murmullo de nuestra mesa se unió al resto; todos queríamos hablar y ninguno daba con la solución. Al final decidimos ponernos todos de pie y confesar honradamente. Contamos hasta tres y nos pusimos de pie.

Así lo hicimos, pero el único que se puso de pie fui yo.

Incapaz ni siquiera de hablar, temblándome hasta la campanilla, aguanté lo que se me vino encima; después de un intenso interrogatorio en el despacho, sin delatar a nadie, me fui a dormir.

Por la mañana, a las ocho, tenía que volver al despacho del director.

¿El castigo que me aplicaron? Fui expulsado del internado y del Instituto durante nueve días. Eso sí, si no me presentaba a los exámenes, teniendo en cuenta que eran los finales, perdería el curso.

Las amenazas y las intimidaciones por una falta al régimen, debido al momento, llegaban hasta con contárselo a mis padres, con las consecuentes represalias y vergüenza que ello les podía ocasionar.

De manera que me vi en la calle, sin dinero ni techo. Pero no estaba dispuesto a perder el curso.

Dormiría en cualquier rincón apartado, no podía arriesgarme a que me aplicaran la ley de vagos y maleantes; pasaría el día estudiando en los pinos y para comer ya me las ingeniaría con el poco dinero que tenía.

Salí del Colegio con la maleta, cargado de libros. No sabía qué rumbo tomar. Escuché un siseo en el zaguán de al lado.

«Alguien me llama», pensé.

Miré a mi alrededor y no había nadie; el siseo continuaba; alguien lo hacía y se volvía a esconder tras la puerta. Entré en el zaguán y, ¿cuál no sería mi sorpresa cuando vi a la chica rubia vestida de negro que limpiaba los dormitorios en el Internado y servía las mesas en el comedor?

Me tomó del brazo, muy decidida, y dijo:

—Sube esa calleja que hay enfrente y espérame arriba.

Esta mujer me llevó a casa de una hermana suya. Ella, también muy joven, tenía varios hijos. Su marido, un hombre bueno, algo tímido y muy agradable. El hecho de que yo fuese un estudiante aplicado le llenaba de satisfacción y no dejaba que se oyera ni una mosca mientras yo estudiaba.

Muy discreto, a veces me preguntaba qué temas estaba estudiando y, como era muy inteligente, aunque no tenía estudios, podía mantener con él unas conversaciones muy interesantes, claro, eso el día que estaba charlatán.

Esta familia me acogió en su hogar como a un hijo más y, aunque humilde, tuve la suerte de compartir con ellos unos días que nunca voy a olvidar.

Esa era la buena gente por la que yo quería rebelarme, porque ellos merecían una vida mejor.

Mi castigo no hizo más que reafirmarme en las ideas de libertad y democracia de las que hoy disfrutamos y las que, desde mi lugar en la enseñanza, seguí predicando y practicando durante toda mi vida.

En el limbo donde se perdieron mis recuerdos, siento que alguien lo contará por mí.

Nota de la autora: Este hombre fue rector de la Universidad en Manises y un químico notable en nuestro país.

Pasajes de la niñez: «Zalamea»

Jugábamos en la calle como una tarde cualquiera; mi casa estaba en una calleja que terminaba muy cerca del cementerio, era una calle empinada con anchos escalones empedrados. No fue esa la mejor casa que habíamos tenido, pero mi madre se había empeñado en alquilarla por estar más cerca de sus padres.

Como cada tarde de verano, la calle estaba muy animada; los niños jugaban y corrían y las comadres criticaban en las esquinas, hechas corillos.

Mis chanclas de dedo estaban sucias y gastadas; dentro de muy poco rato mamá nos llamaría para que fuésemos a lavarnos. Hacía muy poco que había agua corriente en las casas; solo disponíamos de un grifo detrás de la puerta. Cada día, mi madre ponía un gran barreño de agua en el patio para que se soleara y, al atardecer, cuando entrábamos a lavarnos, estaba tibia y agradable.

Después de asear nuestro cuerpo, en el agua que quedaba fregábamos las sandalias de goma, secándolas y dejándolas limpias para el día siguiente.

Aquella tarde no sería como las demás; en el fondo de la calleja apareció un militar con una gorra de plato. Debería ser alguien importante, alto, delgado, esbelto y muy guapo.

Me quedé parada, pensando. Sinfo estaba haciendo las milicias universitarias y, por lo tanto, aquel militar no podía ser nada más que él.

Era el año 1965; yo tenía diez años, pero estaba enamorada de ese muchacho, hasta la médula, aunque la verdad, yo no tenía ni idea de lo que era la médula.

Conocí a Sinfo hacía cuatro años; yo me estaba preparando para hacer la primera comunión, iba a un colegio de monjas y, todos los miércoles, nos llevaban a la iglesia parroquial a dar catecismo con niños de otro colegio. Nosotras lucíamos uniforme con camisa blanca y falda gris marengo, chaquetilla azul marino y zapatos gorila con calcetín blanco. Las monjas exigían que fuésemos muy limpias y planchadas, pero, sobre todo, que la falda nos tapase bien las rodillas, y ellas se encargaban bien de que esto último no se nos olvidara. De vez en cuando, nos ponían de rodillas, muy derechas, y si la falda no descansaba en el suelo, nos descosían el bajo y así teníamos que ir a casa con el bajo colgando y deshilachado.

La verdad, nos daba mucha vergüenza ir así por la calle, por eso, cuando dábamos un estirón, procurábamos que nuestra madre arreglara el bajo o los tirantes para tener siempre el largo adecuado.

Al catecismo iban también las niñas del colegio Santo Domingo, un colegio público donde asistían las gentes de clase más baja, según los tiempos y la sociedad; Sagrado Corazón o el colegio de las monjas (un colegio de pago donde iban todas las niñas ricas del pueblo). El problema era que, aunque nosotras estábamos en esa escuela, éramos muy pobres, pero mi padre tenía un puesto de trabajo y un sueldo fijo; muy pequeño, pero fijo.

Mi padre tenía mucho afán en que sus hijos fuesen alguien en el futuro, o al menos que tuviesen una cultura mayor de la que él había podido tener y no fuesen analfabetos, que eso abundaba en aquellos días.

Por ello, yo estaba en las monjas; mis hermanas entraron después; yo, que fui la primera, era de pago; la segunda no pagaba y la tercera, que entró, también pagaba igual que yo. Así era la norma de las monjas, y unas y otras estábamos en alas distintas del colegio, pero pobres de las que pagábamos y no éramos nadie.

En nuestra clase estaba la hija del alcalde, la del más rico del pueblo y las de todos los señoritos, exceptuando cinco o seis que éramos de pago, pero no de casas de bien.

Siempre he recordado el bolsillo del hábito de la monja; a mí se me antojaba que era un saco mágico; siempre que se acercaban Isabel o Teresa, la monjita introducía su mano en el bolsillo y aparecían un caramelo o una chocolatina, dulces que, curiosamente, nunca estaban destinados para mí; tal vez los tomé alguna vez, pero directamente jamás me los dieron.

En la puerta de la iglesia, a la que íbamos al catecismo, cuando nosotras salíamos, entraban las niñas de Santo Domingo (los niños iban otro día de la semana); nos peleábamos a muerte; ellas nos cantaban: «Las niñas de las monjas son unas pavas...».

Nosotras también las insultábamos a ellas, y las más entera-dillas incluso se pegaban.

Lo cierto es que ellas eran más espabiladas que nosotras, imagino lo ñoñas que nos veían, no menos de lo que éramos en realidad.

Una tarde, al volver a casa, teníamos visita: era un muchacho de quince años, altísimo, al menos así lo veía yo, que apenas tenía seis años, muy delgadita y muy poquita cosa, pero charlatana y simpática. Hice muy buenas migas con él, que, tímida y cariñosa-mente, me pellizcaba la mejilla. Nos hicimos muy buenos amigos; en los diez días que estuvo en casa, era conmigo con quien más hablaba y jugaba. Yo, con mi corta edad y mi recortado cuerpo, le adoraba.

Le contaba mis fantasías, él me escuchaba atento e interesado. A mí, me encantaba que alguien me prestara tanta atención; hablaba y hablaba, cautivándolo también a él y conquistándolo cada día más.

La primera comunión

El 29 de mayo de 1961, mi casa olía a cal fresca; los suelos lucían rojos y brillantes. Mamá se había atareado bastante para que todo estuviese perfecto al día siguiente. Cuando llegué del colegio, mi abuela dijo:

—Anda, hija, sube y verás lo que hay.

La escalera estaba entre dos gruesas paredes y, hasta llegar al penúltimo escalón, no se veía la estancia, la sala alta, donde dormían mis padres. Justo en el testero de enfrente estaba la cama, alta de hierro negro y con el acabado del cabecero y los pies plateados o bien niquelados, como decía mi madre. La habitación tenía dos ventanas a la derecha, cuadradas y pequeñas; la cómoda estaba enfrente de ellas y una mesita de noche junto a la cama.

Pero aquel día, colgado del techo, había algo distinto: mi vestido de primera comunión, blanco roto, con rayitas más blancas y brillantes; el viso de cresatén blanco con un encaje ancho en el bajo. Todo tan bonito y vaporoso que parecía el traje de una princesa.

Las dos cosas las había cosido la chacha Dolores la Perdiguera, una mujer con el pelo blanco recogido en un moño bajo y vestido de negro riguroso, luto eterno que guardaría toda su vida por la muerte de su hijo de veinte años.

Esta mujer, buena y bondadosa, nos quería mucho a mis hermanos y a mí; ella era tía de mi padre por haberse casado con un primo hermano de mi abuelo.

El cancán blanco, que también llevaría el equipo de mi comunión, era de batista con alforzas y tira bordada en el bajo.

Este lo había hecho mi madre y se lo cortó mi abuela la Morala —que también era costurera—. Todo estaba listo; encima de la cómoda, los guantes, el rosario y el libro, junto con la corona y el velo, completaban el pequeño ajuar.

Aquello era como un sueño, tan blanco y almidonado, todo igual que en un cuento de hadas.

Bajé la escalera saltando de alegría, disponiéndome a volver pronto al colegio. Esa tarde iríamos a la capilla a ensayar la ceremonia y a confesarnos.

La ceremonia de la primera comunión sería la misa y después el mes de María, culto mariano que se ofrecía a la Virgen durante todo el mes de mayo, llevando flores y recitando versos después del rosario, cada tarde, a la Virgen Milagrosa, imagen que presidía la capilla de las Hermanas de la Caridad.

Una de las hermanas de la congregación nos había preparado durante todo el año para este evento, pero esa tarde había allí varias en los ensayos; una de ellas era mi maestra. Se llamaba sor María Cruz. Esta mujer joven, guapa, dulce y cariñosa, cuando en el ensayo llegó el momento de los versos, preguntó:

—¿Cómo Loli no recita ninguno? Si precisamente ella es la que mejor lo hace.

Sor Asunción arrugó la nariz y, con aquel tono de voz tan desagradable, dijo:

—Pues dele uno, hermana, y que lo aprenda para mañana, si tanta facilidad tiene —dijo irónicamente.

Lo cierto es que yo no le caía muy bien a aquella monja, pero era recíproco; ella a mí tampoco, y lo peor es que ahora iba a confesarme y se lo tendría que decir al cura.

Me dio un verso largo y difícil; eran las siete de la tarde y tendría que recitarlo al otro día a las nueve de la mañana. Me lo aprendí, por supuesto, y lo dije correctamente, pero nunca más conseguí acordarme ni de una sola estrofa. Solamente tenía siete años y me habían puesto un reto bastante difícil. Lo superé y dije el verso primorosamente, pero lo olvidé o quise olvidarlo, no sé, tal vez permanezca escondido en algún rincón de mi memoria, muy bien escondido.

Me levantaron a las siete de la mañana; la misa era a las nueve y había que estar allí a las ocho y media. Era un día lluvioso y gris; amaneció diluviando. Hubo un montón de averías; mi padre era electricista y estaba en esos campos desde las cinco de la mañana.

Cuando yo bajé la escalera, ya estaba allí Lola, la peinadora, una mujer muy guapa que iba peinando por las casas.

Me pusieron la ropita interior y después me peinó haciéndome dos rodetes (moñitos de pelo), uno encima de cada oreja. Después, ella y mi madre me pusieron el cancán, el viso, el vestido y, como en un ritual, continuaron con el velo y la corona. Después de peinarme bien el flequillo y perfumarme, me pusieron los guantes y el rosario.

El problema era el ramo; lo trajeron de Málaga. Era de flores frescas: claveles blancos y *pilla novios*, blanco, hermoso y muy aromático, pero lo tenía que coger con las dos manos. Las tenía muy pequeñitas y se me doblaba hacia los lados por su propio peso.

A todo esto, asistía mi abuela paterna con lágrimas en los ojos, emocionada de ver a su pequeña, tan bonita como una reina. Yo, sabiéndome la protagonista, me pavoneaba, dando vueltas con mis faldones, moviéndolos airosamente y sintiéndome muy importante. La peluquera me reprendía:

—Chiquilla, si mueves así la cabeza, se te va a caer todo.

Bueno, sí se me cayó.

Durante el tiempo que duró la misa, me lo tuvo que arreglar Lola varias veces; no paraba de moverme. Aquello era tan largo. sor Asunción quería matarme con los ojos, pero yo no podía estarme quieta.

Creo que fui una de las culpables de que empezaran a prohibir llevar libro, rosario, guantes y otras cosas para que no se distrajeran los niños durante la misa.

Después del día tan lluvioso, al atardecer salió un sol radiante; los días ya eran más largos y anochecía tarde. Ya empezaban a encender las luces y yo continuaba sentada en el *sibanco*, esperando a Sinfo.

Las clases no acababan hasta las ocho y media; Sinfo tenía que verme con mi vestido blanco. Allí le esperé hasta que al fin apareció; corrí hacia él y me levantó del suelo, cargando con todos mis trapos que abultaban más que mi menudo cuerpo.

El reencuentro

Era la feria de octubre, una feria de ganado que se celebraba cada año en el puente del Pilar. Hasta después de esta, no comenzaban los colegios. En la feria de octubre, salíamos de día, al contrario de la de agosto, que siempre era de noche.

Íbamos paseando por la calle Carrera con mis padres. A primeras horas de la tarde, no había caballitos en el paseo, como en agosto; sí había barquillas, una noria que me parecía gigante, pero no llegaba ni al tejado de la silla. También había una ola, que solo venía en octubre, porque en agosto se quedaba en ferias más importantes.

Eso sí, había muchas casetas de turrón, puestos de dulces y muñecos, espadas y otros juguetes de cartón, en los que los niños nos quedábamos embobados, pues era el escaparate de juguetes más grande que habíamos visto nunca.

Unos señores con canastos vendían arropías, gallos y martillitos de caramelo rojo. En las esquinas, también había unos hornillos de carbón que sostenían grandes perolas de aceite de oliva, donde hacían patatas fritas muy finas, que cortaba un hombre sobre la sartén con un pequeño artilugio de madera que tenía una cuchilla muy afilada. La señora removía el aceite con una paletilla de alambre y, una vez bien escurridas, por una perra gorda, nos daban un cartucho de papel de estraza y nos las espolvoreaban con sal, muy calentitas.

Las pelotas de colores llamaban mi atención más que las muñecas de cartón; de ellas ya me habían desengañado, pues cuando intentaba asearlas, como la pila del patio tuviese mucha agua, la muñeca se hinchaba y, al intentar cogerla, se rompía en pedazos. Ese fatídico día también se me ocurrió bañar al muñeco de mi hermana; me cayó una buena después del mal rato que pasé. Me llevé una gran regañina porque mi hermanita no paró de llorar en toda la tarde. Ella era más cuidadosa que yo y siempre le duraban sus juguetes más tiempo impecable; yo siempre fui más atrevida y me duraban poco.

En ello andábamos mirando con los ojos muy abiertos aquellos puestos llenos de colores tentadores, cuando apareció Sinfo. Venía con su padre —un señor muy serio y elegante— y con su hermano Manolo, que iba a estudiar también en el colegio. .

Le recibimos con alegría y risas; me cogió en volandas y me subió a su altura, para mí era casi un gigante. El padre, muy educado, saludó y se fue cavilando qué relación podía tener su hijo de quince años con aquella familia.

A los pocos días, apareció su madre, investigó y se enteró de la historia.

Los jóvenes habían hecho una travesura en el colegio donde estaban internos y su hijo Sinforiano pagó los platos rotos.

En aquellos tiempos, eran muy castigadas las pequeñas libertades que se tomaban los jóvenes; hablar de política y censurar al dictador podía ser castigado con cárcel, como mínimo.

Esta señora comprobó el castigo que habían dado a su hijo, dejándole en la calle, sin dinero y lejos de su familia.

Aquella tarde, mamá nos peinó y lavó las caritas cuando llegamos del colegio. Íbamos a tener visita, puso el mantel de cuadros azules de su ajuar y los tazones más nuevos que tenía. La visita prometía ser muy importante.

Al poco rato llegaron. ¡Qué sorpresa, Sinfo a aquellas horas! Estuvieron tomando café y hablando mucho rato los mayores; nosotras, muy formalitas, esperábamos sentadas en los escalones del patio.

Cuando mamá nos llamó, todas tímidamente acudimos en tropel; la señora, muy amable, nos besó y preguntó:

—¿Cuál de todas quiere más a mi hijo?

Yo me adelanté, muy decidida, segura de mí misma, y le dije:

—Yo, señora.

Aquella sinceridad y decisión me llevarían a vivir uno de los veranos más bonitos de mi vida en un pueblo de Extremadura, que no olvidé nunca y que recuerdo a través de los años como la mejor experiencia de mi niñez. Pero eso es otra historia.

Robert

Mientras enterraba las cenizas de Roberto, entre las cepas de los viñedos de Archidona, los recuerdos pasaban ante mis ojos como una película proyectada, desde lo más profundo de los sentimientos.

Llovía; sudoroso de jugar al fútbol, corría para no enfriarme. Entonces le vi en un rincón, agazapado, cubierto de heridas y muy asustado; el agua marcaba un pequeño río de sangre cuesta abajo. Me quité la sudadera y le envolví con ella.

Cuando llegué al piso, mi hermano se alarmó al ver tanta sangre.

Le bañamos y curamos sus heridas, manteniéndole caliente toda la noche, velando sus gemidos y su llanto, durante 25 días. Venía de un mundo de violencia donde le entrenaron para atacar y matar; las apuestas le mantuvieron durante un tiempo como favorito.

Pero la leishmaniosis se alojó en su piel y le debilitó tanto que, en su última pelea, quedó desgarrado; le abandonaron en aquel callejón creyéndole muerto.

Se integró en la familia, cariñoso, humilde, obediente; pasó a ser uno más en nuestra casa. Jamás atacó a nadie, solo gruñía y estiraba las orejas cuando olía la maldad de algún ser humano. Conocía bien el olor avinagrado de las malas personas.

Roki

Yo nací en una casita de campo en las Lagunillas.

Árboles frutales y muchas flores fueron lo primero que mis ojitos pudieron ver. Había gallinas y varios perros; al fondo, una bella montaña con una ermita y un pueblo blanco a sus pies.

Mi padre era el perro de un cazador vecino, y un día que estaba mi madre en celo, la cogió en una *recacha,* y de ahí vinimos nosotros.

Nacimos tres en aquel parto; yo era el que más se parecía a mi madre. Ella era la perrita de compañía de una familia que la adoraba, iba siempre pegada a las piernas de su amo y se llamaba Chilindrina.

Nos mantuvieron un mes y pico amamantándonos y disfrutando de la protección de nuestra madre.

Mientras tanto, nos buscaron a mis hermanos y a mí un buen hogar. Yo iba destinado para otro sitio, pero… el amo de mi madre llegó a visitar a su familia. Allí había dos señoras, una muy mayor, la otra era su hija y, por lo visto, había un niño de por medio que tenía unos seis años y estaba loco por un perro.

Yo era una bolita, blanco, negro y encantador; hice las delicias de estas señoras y una a la otra se dieron razones, hasta llegar a la conclusión de que debían regalar el perro al niño.

La abuela del niño me retuvo en brazos todo el rato y, desde ese momento, nació entre los dos el vínculo que nos hace a los perros distinguir quién es realmente nuestro amo.

Llegué a un hogar donde nunca había habido un perro. El niño saltó de alegría, me abrazaba y besaba repetidamente, y enseguida me puso un nombre.

Dijo, muy seguro de sí mismo:

—¡Abuela, mi perrillo se va a llamar Roki!

La madre del niño, cuando vio al perro, dio un respingo; les tenía bastante miedo a mis colegas, debido a un susto que le dieron de niña, se había mantenido siempre lo más apartada posible de la raza canina.

Un poco reacia, pero por complacer a su hijo, me aceptó y poco a poco me integré totalmente con mi familia.

La abuela marcaba las pautas:

—¡El perro en la casa no duerme! Él tiene su cama en el lavadero y allí debe estar, sobre todo de noche.

Yo bien sabía que no podía subir al sofá ni mordisquear las patas de los muebles.

Mi ama me crio muy mimado en la comida; con dos años no comía nada más que salchichas y jamón de York, pero muy estricta en mi educación. Yo la quería con locura, ella era siempre quien me daba de comer y beber; además, me rascaba la barriga. Cuando me llamaba, corría hasta ella y me tendía boca arriba.

El niño me consentía a tope y yo abusaba de su cariño. Tenía pánico el chiquillo a que me saliera solo a la calle, y es que, en cuanto se descuidaba, me escapaba corriendo y no volvía hasta pasado un buen rato.

Fui muy caprichoso y, como todos los perros pequeños, muy enterado y ladrador.

Y ya lo dice el refrán: «Perro ladrador, poco mordedor». Pero hacía tanto ruido que parecía que me iba a tragar el mundo por aquella pequeña boquita.

La madre del niño se ocupaba de mi baño, también de desparasitarme cuando llegaba la primavera. Al hacerme mayor, tenía el pelo muy largo y esto atraía a todos los bichitos. Mi cola parecía un gran caracol y mis amos, cariñosamente, me decían muchas veces: «¡Qué bonito es mi Roki!»

Alrededor de los nueve años, tuve una gran subida de azúcar; el veterinario que se ocupaba de mí aseguraba que no saldría de esta.

Mi ama me cuidó como si de su propio nieto se tratara; me daba las medicinas a las horas que le dictaba el veterinario, me aseaba cariñosamente y cambiaba mi cama una o dos veces al día. Así durante muchos días, hasta que una mañana desperté; al olerla, abrí los ojos y salí corriendo, saltándole a su falda y dejándome acariciar. Le di las gracias y volví a enredar por los patios como siempre.

Viví porque ella quería que viviera y volví a correr a ladrar y a tenderme delante de ella para que me rascara.

Después de aquello, un nuevo miembro se incorporó a la familia. Al principio le miraba reacio y no le dejaba acercarse a mí; él pasaba mucho tiempo en el patio donde yo vivía, aunque llegué a pensar que estaba invadiendo mi terreno. Al final, nos convertimos en grandes amigos.

Salíamos a la montaña y lo pasábamos muy bien juntos, pero yo me iba haciendo mayor y, después de tres años, acompañándonos mutuamente en las excursiones, a mí ya se me hacían largas y cada vez me cansaba antes.

También mi ama se hacía mayor y ya no podía subir al patio, aunque desde abajo se encargaba de que yo estuviese cuidado; su voz y su olor estaban siempre cerca, y todos los días yo bajaba un rato a estar con ella.

Desde hace unas semanas, no escucho la voz de mi ama; el niño ya es un hombre, se le ve triste, abatido, pasa muchos ratos junto a mí.

Aquella noche estaba intranquilo; el olor que me había acompañado desde pequeño se iba disipando en el aire, poco a poco, muy tenuemente, hasta que se perdió.

Un aullido salió de mi garganta; dando grandes saltos, intentaba trepar por la verja y poder perseguirlo. Una voz cálida vino a calmar mi desesperación y, al rato, me fui tranquilizando.

A partir de esa noche, no me apetece ni comer ni beber; no quiero moverme para nada.

El niño trata de jugar conmigo, pero no estoy de ánimos; le miro tristemente y me acaricia, compartiendo ambos la soledad que sentimos.

Esta mañana, todos corren a mí alrededor, me cogen en brazos, me transportan en el coche, el veterinario hace lo que puede, sin dar mucha esperanza.

Están muy tristes y lo van a estar mucho más, pero yo tengo que marcharme y buscar su olor.

A mí me sustituirán por otro compañero; yo no puedo sustituir lo que se fue.

Ya he cumplido mi misión y os he enseñado a amar a los perros.

Es el mensaje que nos dejaba Roki mientras sus ojos se apagaban dulcemente.

Rosas blancas y orquídeas color de rosa

El cielo está completamente azul, no parece que sea una mañana de diciembre.

El coche traga kilómetros alegremente; la temperatura de su interior invita a disfrutar del paisaje, dando una sensación cálida y agradable.

Tras una curva cerrada aparece el paraje donde está la vieja casa de los abuelos, rústica y hermosa, un poco desconchada, pero conservada en medio de su pequeño paraíso: grandes chaparros, chopos y una hilera de sauces junto al río.

Una mullida alfombra de hojas secas cubre el camino y los alrededores de la casa; el contraste de la luz espléndida que proyecta el sol arranca los colores ocres y tierra del paisaje.

Bajo del coche y hace frío, un frío helado que se cala hasta los huesos. Siempre nos pasa a los malagueños cuando salimos de la ciudad. La temperatura de Málaga hace que nos pase desapercibido el crudo invierno del interior; el ruido del agua, junto con el canto de los pájaros, hace que me alegre por haber tenido la feliz idea de venir sola, delante de los señores de la inmobiliaria que van a comprar la finca.

Una gran curiosidad se apodera de mí, surgiendo deseos de interrogar a cada hoja, zarza o piedra; quiero que me cuenten cosas de mi padre niño.

Me pregunto por qué estuvimos tan pocas veces en este lugar; siempre eran los abuelos (sobre todo la abuela) quienes nos visitaban a nosotros en la ciudad.

Cruzo el patio de piedra y la puerta principal; abro las ventanas.

—Esto no está tan mal.

Mi padre pagaba a una mujer para cuidar la casa; su larga y penosa enfermedad le habría hecho descuidar ese detalle, pero... al parecer, la buena señora había seguido fielmente limpiando y manteniendo vivo aquel lugar. Habrá que pagarle, supongo.

Continúo abriendo ventanas; todo está limpio y cuidado, como esperándome.

Entro en la cocina; la nevera funciona, además hay comida y bebida. Escucho pasos y me sobresalto.

—No se asuste, señorita. Soy yo, Manuela. Usted es Naia, ¿verdad?

—Sí. ¿Y usted?

—Soy la vecina, vivo a un kilómetro de aquí, cuidaba de sus abuelos y, al morir ellos... Antonio, su padre, quiso que siguiera cuidando el cortijo. Cuando empezó su enfermedad, vino un día y me dio instrucciones; sabía que cuando él... Bueno, no le he dado el pésame, siento mucho su pérdida; la adoraba y quería que todo estuviese perfecto cuando usted viniera. Va a vender la casa, ¿verdad? Debería antes conocerla a fondo. Aquí están sus raíces y los recuerdos de la niñez de su padre: juguetes, fotos...

—Manuela, ¿hay fotos de mi padre de niño?

—Sí, está todo en la sala alta. El dormitorio de sus abuelos y la habitación de enfrente era el dormitorio de Antonio; allí está todo tal y como su abuela lo guardó siempre.

Manuela se marchó no sin repetirme cien veces que la llamase para cualquier cosa; ella estaría pendiente.

Subí la escalera y recorrí la casa; es bonita, amplia y acogedora. Me asomé a la ventana de la cámara; esta daba a la parte de atrás. La vista es impresionante, transmite paz; respiré hondo, llenándome los pulmones de aquel aire puro que me relajaba profundamente. Montañas al fondo parecían nacer unas de otras, como una deformación hermosa que, con sus grandes y abultadas protuberancias, formaban un paisaje silencioso y esperanzador, lejos de los ruidos y el ajetreo de la ciudad.

Paseé por los alrededores, descubriendo rincones, plantas, aromas y sonidos nuevos. La mañana pasó plácidamente, disfrutando de la paz y la soledad deliciosa que todo aquello me proporcionaba. Tenía apetito; decidí comer algo, sentada en la chimenea que Manuela había dejado encendida. Caí en la cuenta de que todavía no había visitado la habitación de mi padre.

Había sido muy duro perderlo de esa manera tan terrible, viendo cómo se consumía; tan alto, tan esbelto como era, se había quedado pequeño. Perdió su hermoso pelo negro y el color sonrosado de las mejillas; grandes ojeras habían ensombrecido durante mucho tiempo sus lindos ojos color miel.

Al final de la enfermedad se quedó ciego (fue terrible); por otra parte, le ahorró el terror de ver su imagen, tan cuidada siempre y tan bella, al grado de deterioro que pudo llegar. Él, tan presumido, no hubiese soportado mirarse al espejo en aquel estado.

Las lágrimas inundaron mis ojos y tuve conciencia en ese momento de cuánto le voy a echar de menos y lo sola que me ha dejado.

Me puse de pie de un impulso y subí corriendo la escalera. Abrí la puerta y entré en la alcoba; un retrato grande llamó mi atención: mis abuelos, muy jóvenes, posaban junto a un macetero; la abuela, sentada con un niño (gordísimo) de la mano, y el abuelo de pie, con una mano sobre el hombro de ella y otra en el brazo del niño.

Ese niño debería ser papá, ¿pero bueno? Abrí de par en par la ventana y sí, eran los rasgos de papá, pero… si él siempre fue muy delgado, no tuvo ni siquiera la típica barriguita que tenían todos los padres de mis amigas.

Mi padre siempre lucía guapo, esbelto e inmaculadamente peinado, vestido muy moderno y elegante. Cuando iba a recogerme al colegio, siempre presumía de él; incluso en el instituto, me cogía de su brazo orgullosa, era como un dios. Rompí en llanto desesperada. ¿Qué iba a hacer sin él? Había sido todo en mi vida: amigo, maestro, consejero, líder, caballero, padre, hermano, amor, orgullo.

Mamá, con sus celos enfermizos, decía que era excesivo el amor que nos teníamos; a veces, creo que tenía celos hasta de mí.

Estaba muy enamorada de él, pero los celos no la dejaban vivir; lo cierto es que tenía motivos. En una ocasión se puso enferma en el trabajo y, al llegar a casa, cuando abrió la puerta del piso, sintió jadeos y allí estaba su marido, haciendo el amor encima de la lavadora. Pobrecita, le dio un ataque de nervios y hasta se desmayó.

Tenía locura por él y le perdonó una vez más; no había sido la primera y tampoco sería la última, pero mientras vivió, lo hizo en su infierno particular, perdonando siempre. Jamás tuvo valor para afrontar sus infidelidades y abandonarlo; siguió a su lado, él la mimaba, tratándola con mucho cariño; ella se hacía miel con sus caricias y olvidaba una y otra vez.

Su gran error fue buscar refugio en el alcohol; al final, este pasó factura, como era de esperar; nos dejó joven todavía. Mi padre la lloró bastante; la quería y mucho, pero a su manera.

Continué examinando la habitación: una cama pequeña de forja, un cuadro de la Virgen sobre la mesita de noche, un portafotos donde había un niño de primera comunión; la foto amarillenta refleja unos rasgos muy familiares y muy queridos, pero... ¿cómo? Si hubiesen inflado la cara que yo conocía. En un rincón, un caballito balancín (parecía muy nuevo), como si no se hubiese usado nunca.

El arca, oscura y grande, en el otro extremo, tenía la llave puesta. La abrí; empecé a sacar ropa: pantalones, camisas, jerséis de muchos tamaños, tallas de un mozalbete hasta llegar a las diminutas prendas de un bebé.

En el fondo, tapadas con una manta de cuadros marrones, había dos cajas de cartón; estaban cerradas y pegadas con unos precintos hechos con tiras de muselina blanca y goma.

Estaba helada; cogí las cajas y bajé la escalera buscando el calor de la chimenea. Sentada en una chillona mecedora, calenté mis manos acercándolas a las brasas mientras miraba las cajas de cartón que había soltado en el suelo, una sobre otra.

No sé cuánto tiempo estuve así; había lagunas y algo misterioso en todo lo que concernía a mi padre. Nunca quise pensar en ello y algo me decía que dentro de aquellas cajas estaba la respuesta.

Busqué una tijera en la cocina y volví junto a la chimenea, decidida a ver de una vez qué había escondido en el fondo de las viejas cajas. Me costó abrirlas; la abuela no quiso destruirlas, pero sí parecía que quería esconderlas bien para que nadie pudiese ver qué contenían.

Aquello parecía no tener sentido: pañuelos de seda, braguitas de encaje, muñecas, muñecas de trapo que parecían estar hechas seguramente por la abuela; había varias, unas más pequeñas y otras un poco más grandes, todas perfectamente vestidas con lazos, encajes y vaporosos vestidos, aunque un poco apolillados, pero se adivinaban cuidadosamente hechos por una mano femenina. La más bonita (aunque muy amarillenta) parecía la más vieja; era una linda bailarina de balé, su tutú y las zapatillas de seda debieron ser blancos en otro tiempo, pero no les afeaba el color rancio y sepia que habían cogido a través de los años.

En la otra caja encontré postales de mujeres hermosas, con velos, plumas y sombreros grandes y llamativos; hojas de papel roído y amarillento contenían dibujos hechos por una mano infantil. Parecían fantasías, diseños de una niña delicada y sensible, tan femeninos y pastelosos que rozaban la cursilería.

En el fondo, dos paquetes de cartas cuidadosamente empaquetadas y atadas con una cinta azul. Deshice la lazada, disponiéndome a leer, suponiendo que esta sería la correspondencia que papá sostuvo con la abuela a lo largo de los años.

Cartas a mamá

Cogí la carta que estaba arriba para descubrir enseguida que esta no había pasado por correos; el sobre amarillento (como todo lo demás) no tenía escrito más que una palabra: «MAMÁ». La solapa del sobre estaba despegada. Dentro, una cuartilla cuidadosamente doblada, comencé a leer:

20 de diciembre de 1948

Mi querida mamá:

Qué bueno, ya sé leer y escribir, gracias a su infinita paciencia. Con solo ocho años, sin apenas haber tenido maestro, puedo disfrutar de la delicia de los libros, el mundo maravilloso que ellos me muestran y que existe fuera de este nuestro paraíso particular.

Esta mañana usted me pidió que la tarea de hoy consistiría en escribir una carta para los Reyes Magos; no sé cómo podría hacérsela llegar, por ello he pensado dirigirla a usted, seguro que sabrá cómo hacer para que llegue a su destino.

Señores Reyes Magos de Oriente: no sé la opinión que sus majestades tendrán de mi comportamiento. Supongo que, si lo hice bien, podrán consentirme un poco y traerme el regalo que yo deseo.

Hace unos días leí el cuento del soldadito de plomo; me gustaría tener un tutú como la bailarina y unas zapatillas de satén blanco, pero como soy un niño gordito, seguro que no me quedaría bien el traje de la bailarina. Podría ser una buena idea que traigan también una muñeca para que yo pueda vestirla con el traje y soñar que baila igual de suave y elegante que un cisne.

Me despido de ustedes con un beso y una promesa: prometo ser
bueno y no enfadar a papá.

Antonio

La lectura de esta carta despertó aún más mi curiosidad. La
coloqué dentro del sobre y me dispuse a leer la siguiente:

15 de enero de 1949

Mamaíta:

No se sorprenda porque le escriba una carta, aunque no me lo
haya incluido en la tarea. Hoy quiero proponerle un juego.

Me hizo una buena gestión con la carta de los Reyes Magos,
y si usted me lo permite, me gustaría hacer como si todos los días
fuesen Reyes; cuando yo tenga un sueño, un deseo o una ilusión,
contárselo escribiéndole. Siempre es más fácil, pues cuando usted lea
algo que no le guste, yo no veré su gesto desaprobándolo. En cambio,
usted, cuando lo haya leído varias veces, lo entenderá mejor y podrá
ayudarme a hacer realidad algunos sueños.

Quiero que les dé las gracias a los Reyes por mis regalos. El
sable y el caballo supongo que los habrá pedido mi padre; le prometo,
mamá, que él no me verá nunca jugar con mi bailarina (es preciosa),
solo la saco del arca cuando él no está en casa.

La quiero, madre.

Antonio

30 de mayo de 1949

Buenas noches, mamá:

Le queda poca torcía a mi candil, espero que aguante hasta que termine mi carta.

Hoy fue un día muy poco común; madrugamos mucho y salimos hacia el pueblo temprano. Apenas había luz del día, pero llegamos a tiempo a la iglesia.

Papá iba impecable con su traje gris; nunca le había visto así de bien vestido, y usted estaba muy guapa con su vestido azul marino y los zapatos de tacón (son preciosos).

Yo iba impecable con mi traje blanco de almirante; lo mejor de todo eran los galones dorados. Parecía un rey, me sentía guapo y orgulloso. Cuando los primeros rayos del sol hicieron brillar los adornos de mi chaqueta, me sentí realmente feliz.

Pero entramos a la iglesia y, cuando vi a las niñas, con sus trajes blancos y vaporosos, el pelo anillado en tirabuzones y los velos de tul blanco adornándoles el rostro, perdió mi traje todo el interés; se oscureció el brillo y me vi basto, gordo y feo.

¡No quiero estar gordo, mamá! Cuando sea mayor, iré a que un médico me opere y me corte carne. Quiero ser esbelto y ponerme faldas vaporosas, encajes, velos y tirabuzones, igual que las chicas que había hoy en la iglesia.

Se acaba la luz y tengo sueño. Hasta mañana, mami.

Antonio

Se iba haciendo la luz; a medida que leía aquellas cartas, descubría las tinieblas que siempre hubo en torno a la figura de mi padre.

Las cartas de papá niño sumaban veinticinco o treinta y en todas ellas pedía a su madre muñecas, faldas, braguitas de encajes y cosas parecidas, como si mi abuela, con esas prendas banales, pudiese cambiar lo que en realidad contaba, que era su alma de mujer, cautiva en aquel cuerpecito rechoncho de pequeño hombre.

Hacía rato ya que era de noche. Estaba agotada; tomé un vaso de leche caliente con galletas y me fui a dormir. Había sido un día demasiado fuerte y extraño; a pesar de todo, dormí mucho y muy tranquila. La paz de aquel lugar me hacía sentirme en casa, como si hubiese vuelto después de mucho tiempo.

Me despertó la luz del sol sobre mi cama. Después de una ducha, el olor del café me llevó hasta la cocina.

—Buenos días, Manuela. ¿Descansó usted bien, señorita?

—Estupendamente. Es como si no hubiese dormido nunca tanto; hay tanta paz aquí. Voy a dar un paseo por el campo.

—Abríguese, aunque el cielo está limpio de nubes, cayó una fuerte helada y estamos bajo cero.

Anduve por el campo durante horas, repasando mentalmente todo lo acontecido el día anterior. A la vuelta, volví de nuevo a la mecedora y continué con la lectura de las cartas.

Málaga, 10 de julio de 1960

Queridos padres:

Espero estéis más tranquilos; conociendo el carácter de usted, papá, no me cogió de improviso su reacción al verme, pero usted, madre, sí que me sorprendió, ya que siempre supo que yo odiaba ser gordo. Por supuesto, no me he cortado carne ni mucho menos estoy enfermo; simplemente hice una buena dieta y mucho ejercicio. Mis ropas van de acuerdo con la nueva moda. Los sesenta serán una década que pasará a la historia por el giro que está dando la sociedad.

La juventud ya no es como la de antes; los tiempos han cambiado y
espero que poco a poco ustedes lo puedan entender.

No estoy seguro de que padre lea esta carta, pero dígale, si no
lo hace, que gordo o flaco, vestido de una manera u otra, yo siempre
seré su hijo y los amaré sobre todas las cosas.

Quiero ser feliz e ir de acuerdo con mis ideas y mi forma de
sentir, pero ello no será a costa de su infelicidad. Para poder serles fiel,
sé que tendré que sacrificar muchas cosas y hacer otras que irán en
contra de mi naturaleza. Intentaré hacerlo de la mejor manera para
que nadie salga demasiado perjudicado, ni ustedes ni yo.

Los quiere siempre:

Antonio

Estaba claro que mi padre y mi abuelo no se entendían y en
las cartas que seguían a esta lo dejaban bien claro. El abuelo se
avergonzaba de la forma de vivir de su hijo, por ello lo visitaba
en la ciudad y papá se dejaba ver poco por el campo. Las posibles
y bastante probables habladurías le tenían alerta y la forma tan
exquisita de vestir de su hijo le parecía poco decente e indecorosa.

Papá continuaba con las cartas a su madre; ella era toda comprensión y amor, por ello él siempre la quiso con locura.

Málaga, 1 de septiembre de 1971

¡Sorpresa, mamá!

Sé que la noticia que voy a darle hoy será para usted una gran
e inesperada sorpresa; para padre, en cambio, será un respiro y una
forma de aceptarme un poco más.

He conocido a una muchacha; se llama Carmen, hemos con-
geniado muy bien y estamos a gusto juntos. Ella me entiende, igual

que usted, y acepta mis inclinaciones sexuales, viéndolas como algo natural y congénito de lo que no puedo desentenderme.

Junto a ella veo un campo de posibilidades y esperanzas que me hacen sentirme liberado y, a la vez, en paz con la sociedad. Es la única persona, además de usted, que me comprende y me acepta tal y como soy.

Esta relación va a más y estoy seguro de que será el eslabón que de alguna forma me unirá con los dictados de la sociedad y la mentalidad de mi padre, sin dejar de ser yo mismo. Gracias a ella podré tener una vida de acuerdo con lo que me rodea, sin traicionar mis propias convicciones.

Espero noticias de ustedes.

Un abrazo.

Antonio

Málaga, 30 de septiembre de 1971

Amados padres:

Una vez más me pongo delante del papel para comunicarme con ustedes y pedirles algo (como siempre).

En mi carta anterior les daba la noticia de que había conocido a Carmen en esta, quiero participarles mi deseo de que la conozcan. Por ello, me permito la libertad de que nos inviten a su casa para que sea posible dicho encuentro.

Espero su invitación con la ilusión de verlos pronto.

Su hijo.

Antonio

Málaga, 9 de abril de 1972

Papá, Mamá:

Sé que van a reprocharme porque en los últimos tiempos me comunico poco con ustedes. Si sirve de justificación, el trabajo y los preparativos de la boda me tienen muy ocupado.

Las cosas me van muy bien, ya me dieron las llaves del piso. El Palo es un sitio precioso para vivir, mi casa está situada en la séptima planta. A mí me encanta, parece que puedo tocar las estrellas con las manos. Cuando me siento en la terraza, tengo la sensación de ser tan libre que casi puedo volar por encima de los tejados, junto con las gaviotas, surcando la orilla del mar y alcanzando el horizonte. Con su vuelo suave y veloz, contemplo los árboles y las gentes, que sobre el asfalto parecen hormiguitas. Tengo la fuerte impresión de que me han crecido alas. Desde aquí arriba planeo como un águila poderosa y gigante.

¡Me siento libre! Os quiero.

Antonio

Málaga, 12 de agosto de 1972

Madre mía:

Una vez más vuelvo a nuestra correspondencia particular, quiero destapar mi alma y desahogarme contigo.

Hermoso, ¿verdad?» Muy hermoso fue el día de mi boda. Todo el mundo parecía feliz, incluso mi padre sonreía más de lo habitual, aunque de entrada no pareció gustarle mi atuendo (para no variar).

La Victoria resplandecía, el día de sol hacía brillar sus viejas piedras y dentro del recinto, junto a su maravillosa ornamentación, flores blancas llenaban el retablo del altar mayor y el largo pasillo que conducía hasta él.

Carmen es feliz, trato de hacerla sentir una mujer dichosa en su condición de recién casada. ¿Pero y yo?

Madre querida, soy como una gota de aceite en un cubo de agua, me siento perdido y estoy solo, terriblemente solo.

Salimos mucho, también bebemos mucho, embriagados por el alcohol y el deseo de huir de nosotros mismos, vamos cayendo a un abismo de parodia y mentira.

¿Por qué? me pregunto cada día, estoy viviendo una vida que no es la mía, me siento un intruso en toda esta historia y dentro de mi propio cuerpo.

Ayúdeme, madre, estoy atrapado, la necesito más que nunca.

Usted es la única verdad, mi única y real verdad.

Antonio

Málaga, 1 de octubre de 1972

Querida mamá:

Como siempre, sus cartas y la sabiduría de sus consejos han tranquilizado mi alma y han dado el fruto esperado.

Hoy mi carta es una paloma de esperanza: ¡Carmen está embarazada! El anuncio de la llegada de mi hija (porque estoy seguro de que será una niña) ha cambiado el rumbo de mi vida. Trato de imaginar su rostro y su cuerpecito pequeño, aunque no consigo ver una imagen concreta, se me llena el corazón de ternura. Solo de imaginar a ese trozo de mí mismo puro e inocente, un ángel que llegará a nuestras vidas para marcar metas y llenarlas de ilusiones, una estela de luz que iluminará los senderos tenebrosos.

Una ráfaga de aire fresco para despejar nuestras mentes, un sueño para hacer realidad los sueños, una bendición que encauzará nuestras vidas.

Madre, supongo que se pondrá a tejer patucos y vestiditos para mi nueva muñeca, la más hermosa, la mejor que nunca soñé.

Le quiero mucho, madre.

Antonio

Continué leyendo cartas de nuevo, hasta el anochecer, aunque ya en este punto había comprendido muchas cosas, entre ellas, por qué quería que su tumba estuviese rodeada de rosas blancas y orquídeas color de rosa.

Soledad en las aulas

El silencio de los niños está lleno de ruidos y conversaciones absurdas que los llenan de inquietud, preguntas e incógnitas que nadie se ocupa de desvelar.

Lo más terrible es cuando, en mitad de un lugar donde hay veinte o treinta niños como tú, te sientes desplazado. Cualquiera puede ser la razón, si es que la hubiera y fuese lo suficientemente justificable para discriminar a un menor.

Aquel verano había sido muy especial, tal vez uno de los mejores de mi vida, sobre todo, de mi infancia.

Pasó tan rápido, fue casi perfecto, tanto que hubo poco tiempo para que el silencio se dejara sentir.

El tío Juan me despertó de la semiinconsciencia en la que me había sumergido el viaje; los movimientos bruscos del autocar habían terminado de alborotar mi pequeño estómago.

Medio desmayada, apoyaba la cabeza en las rodillas del tío, era un revoltijo de pelo, con las trenzas medio deshechas y la cara churretosa por la piconilla del tren.

La estación había quedado atrás y cada vez nos acercábamos más al pueblo. El paisaje empezaba a ser familiar: las montañas, los pinos y la ermita allá en la cumbre se dibujaban delante de mis ojos, mareados y medio dormidos.

Entramos al pueblo. Las casitas blancas deslumbraban a la vez que corrían, quedándose atrás. Me incorporé, levanté la cabeza y al mirar por la ventanilla vi a mi compañera de colegio, Marisol, que jugaba chapoteando en el agua de la fuente. Ranas de cerámica lanzaban un chorro directo de sus gargantas, haciendo las delicias de los niños.

Los acontecimientos del pasado curso acudieron en tropel a mi mente y, con un gesto amargo, me dejé caer de nuevo en las piernas del tío Juan.

El próximo lunes empezaban de nuevo las clases; todo continuaría igual. Durante unos meses me había sentido importante para todos. El cariño con el que me rodearon, las clases estivales, donde no era ni mucho menos invisible, sacaron lo mejor de mí y las ansias de aprender se manifestaron. Siempre terminaba las tareas la primera y siempre había la compensación de sentirme una niña más.

El silencio escondido durante aquellos meses felices se manifestó de nuevo, haciéndome sentir más pequeña todavía.

En aquel colegio de monjas había niñas pobres con babis blancos y otras de faldas tableadas gris marengo, camisa blanca y rebequita azul. Estas últimas éramos las de pago, pero ojo, no todas eran ricas.

En las familias numerosas, la primera hija que entraba al colegio pagaba, la segunda era gratuita, así alternativamente.

A una servidora le tocó la clase de pago. Me sentía descolocada; mis compañeras tenían un nivel social al que yo no pertenecía y, aunque entre ellas tenía muchas y buenas amigas, cuando la monja entraba, yo desaparecía.

Pensaba: «Si cojo la puerta, esta ni se entera».

Trataba de llamar su atención, tirando lapiceros al suelo, quitándome los zapatos e incordiando a la que tenía cerca.

Al final, siempre acababa en un rincón, con las manos en la cabeza, hasta la hora de salir.

Más tarde, con los brazos entumecidos, tenía que acabar las tareas mientras las monjas comían.

Llegaba a casa tarde, me caía otra regañina y de vuelta al colegio otra vez, hasta las cinco.

Algunos meses asistía a la permanencia; dependía de la economía que había en casa en aquel momento. Eran clases de cinco a siete, en las que había pocas niñas y donde se aprendía bastante. Pero cuando un mes se retrasaba el pago, se acababan las clases.

Me gustaba la hora de costura; sor Dolores era la profesora, una adorable abuelita que nos quería a todas. Desenhebraba la aguja una y otra vez para acercarme a ella y, con su infinita paciencia, me atendía siempre con la misma dulzura.

¡Un día! Todo cambió. Apareció un ángel, tan buena y generosa como los del libro grande de la historia sagrada (que nos enseñaban algunos sábados por la tarde).

Con sor Luisa todo era diferente; pasé a ser una más. Hablaba conmigo, me preguntaba por mi familia, le contaba cosas de mis hermanos y hasta me dejó acompañarla alguna vez al asilo. Yo no había tenido el privilegio de ir nunca.

La acompañé en silencio, me sentía importante. Respetuosa, la miraba con atención, aquella cara redondita y bella, bajo la toca blanca almidonada, bondadosa y dulce, era feliz cuando ella estaba cerca, me daba seguridad, y cuando explicaba la lección, bebía con avidez sus palabras, empapándome de la sabiduría que ellas encerraban.

Cuando llegamos, me dijo:

—Espera, hay sentadita, sé buena.

Subió la escalera y fue hacia las habitaciones de clausura, donde solo podían pasar las hermanas.

Yo, muy formalita en mi silla, miraba aquellos techos altísimos y muy blancos, de los cuales colgaban lámparas redondas, como un balón, de color blanco también.

No paraba de pensar: «¿Qué estaría haciendo la monja?».

Años después, al recordarlo, era obvio que fue a hacer sus necesidades, como cualquier persona.

De vuelta al colegio, metió la...mano en el bolsillo que se escondía entre los pliegues del hábito y agradeció mi compañía con un caramelo. Este gesto me llenó de orgullo. Aunque ya me sentía compensada por haber contado conmigo.

La huella que sor Luisa me dejó, su recuerdo, me dio seguridad y fe en las personas a lo largo de mi vida; en momentos difíciles, sabía que siempre habrá un ángel que aparecerá en el momento menos pensado, mostrándome el camino de la esperanza.

Pero lo bueno nunca dura mucho y una mañana, al llegar a clase, sor Luisa había desaparecido.

De nuevo, me volví anónima o, peor aún, pasé a ser el punto de mira de la superiora (creo que me odiaba). Entonces sí que quería desaparecer, pero no había manera; siempre daba conmigo y estrellaba su chasca[1] en mi cabeza. No era tanto el dolor, era más el miedo que me producían sus ojillos, escondidos tras las gafas doradas.

Pero eso es otra historia.

---

[1] Especie de castañuelas de madera, dos lonchas unidas por unas pequeñas bisagras.

Tres amores

Fui andando desde el pueblo hasta la «cacería», donde los labradores celebraban, como cada año, la fiesta que daba por terminada la siega.

Los mozos de los alrededores acudíamos siempre a la cita para divertirnos un rato. Esa noche conocí a la que sería mi esposa; allí había muchas mozuelas, pero ninguna tan guapa como ella. Alta, rubia, con unos preciosos ojos azules, una simpatía y elegancia que nada tenía que ver con las otras mocitas que allí había. Me hice asiduo de aquellos parajes, dispuesto a conquistar el corazón de la que sería madre de mis hijos y alegría de mi vida.

Lo nuestro ha sido una larga y hermosa historia de amor. Para mí ha sido perfecta desde el primer momento; ella renunció a una forma de vivir muy libre y acomodada. Sus padres eran labradores, en cambio yo solo era un simple hortelano.

La cacería estaba situada en la cara sur de la Peña de los Enamorados; este paraíso, como Magdalena lo llamaba, fue junto a su caballo lo más hermoso de su niñez y juventud.

Se pasaba las horas cabalgando, a horcajadas y sin silla, por los caminos más rugosos y escarpados de la Peña. Subía hasta lo más alto, hablaba y se identificaba con ella como si de una amiga se tratara, Zepelín, que así se llamaba su caballo; a veces, se plantaba y la dejaba seguir subiendo sola, mientras él la esperaba descansando.

Cuando decidimos casarnos, ella sabía que desde ese momento no podría seguir viviendo en El Bajo del Jardín. Así se llamaba el cortijo señorial vecino de la cacería que sus padres tenían arrendado y donde vivía la familia.

Pero lo que realmente se hizo duro para mi querida esposa fue abandonar la Peña; lloró como una chiquilla, besando sus piedras. Se empeñó en subir vestida de novia a despedirse, dejando entre las rocas lo más preciado de su traje de novia: el ramo de azahar.

El caballo, regalo de su padre, lo llevamos con nosotros; el animal se hizo viejo paseando a los niños en la huerta.

La muerte de Zepelín fue el momento de toda mi vida en que vi más angustiada a mi mujer; ella se sentía abandonada, aunque la colmé de caricias y atenciones, lo pasó muy mal.

Tuvimos seis hijos como seis soles; yo le hacía mil diabluras con tal de verla reír. Ha sido la única mujer de mi vida, mi gran amor; me consta que también yo he sido el suyo. Mi carácter más fuerte nunca le afectó a su temple, todo lo razonaba con su habitual ternura. Yo me mosqueaba y le decía:

—¿Tú es que nunca te irritas?

Ella sonreía y me decía:

—¿Qué voy a conseguir con eso? ¿No es mejor hablarlo tranquilos?

Un pájaro y una flor

Larco, con compañeros y amigos, libre, planeando sobre los campos, bebiendo en los ríos, posándose en los árboles, queriendo alcanzar el sol.

Cantaba versos a las mariposas, aplaudiendo al ruiseñor, imitando al jilguero, soñaba y hacía de sus poemas sueños.

Un día de primavera, por fin conoció a Flor; desde hacía tiempo escuchaba sus versos en el aire, aspirando su aroma. Era tal la belleza y el color de sus pétalos que le envolvían y frenaban el vuelo de las ágiles alas de Larco.

La presentía, pero no tenía el placer de conocerla. Aquella tarde mágica invitaba a recorrer caminos nuevos, en el candor de la poesía, por senderos que llevaban a la plazuela, donde el poeta fue cantor y el espectador era poeta.

El tiempo se detuvo aquella tarde; entre poemas y guitarras flotaban las musas, coloreaban los sueños, aplausos, risas, miradas furtivas, insinuantes, pasaban desapercibidas. Flor lo cautivó.

Bajó Larco desde la altura que sus alas le permitían, caminó sobre el arriate, acercándose sigiloso, cantó requiebros a Flor y compartieron versos.

Ella se mecía coqueta; él la envolvió en su embrujo, acarició con el pico las hojas que rodeaban su aura. Así nació un hermoso amor, sin reglas ni ataduras, puro y limpio, como el aire que se respira en la montaña.

Cada amanecer compartía la salida del sol desde su pureza, el calor del estío en las mañanitas frescas.

Soñaban y alimentaban sentimientos, sin buscar motivos ni explicaciones a lo que sentían.

Flor, muy apasionada, quiso volar sobre las alas de Larco, ágiles y ligeras; él la correspondía, pero no podía cargar con el peso de Flor.

Ella se negaba a entenderlo, se revelaba; no encontró las razones que había para no poder vivir junto a Larco.

Su raíz era la tierra, la sujetaba y la hacía fuerte y segura, pero en su papel de mujer no la asustaban los retos; impetuosa, valiente, dispuesta a surcar los cielos, lucharía contra los malos vientos, heroína de un corazón lleno de sentimientos.

El nido era débil, inestable; no tenía fuerza para sostenerla a ella, apenas eran ramitas sutiles entre dos ramas, demasiado pequeño para acoplar dos cuerpos.

Larco se lo advirtió, pero Flor no podía comprenderlo.

«El amor —se decía a sí misma— no entiende de leyes ni de naturalezas; si abandono mi tierra, sería para volar contigo».

Pero no convencía a Larco.

Él no estaba de acuerdo; era un espíritu libre incapaz de soportar ataduras y quería que ella aprendiera a volar por sí misma para poder alcanzar sus sueños. No podía hacerle comprender que no necesitaba la protección de nadie para realizarse.

En cambio, Flor se empeñaba en vivir su amor con todas las consecuencias; abandonó la tierra que la mantenía erguida y alimentaba sus raíces y lo hizo huyendo de sus semillas.

Todo esto le creó un sentimiento de culpa que la enemistó con el mundo; espantaba a las abejas sin dejarlas polinizar su flor, huía de la luz refugiándose en sus propias sombras, se apagó su color y negó los versos. Apartó los rayos del sol, escondiéndose bajo los tallos verdes; cayeron sus pétalos y poco a poco se marchitó.

Cuando Larco volvió al jardín, le extrañó; en su lugar encontró un despojo oscuro, sin color, sin vida, que se confundía con la tierra seca.

El silencio se apoderó de los poemas; la lluvia arrastró los versos.

Larco quiso llorarla y no pudo; entonces, se rompió su garganta como un junco seco, se quebró la voz del ruiseñor y no pudo imitar al jilguero.

El trino se ahogó; no podía cantar, comenzó a perder su hermoso plumaje y frenó el vuelo.

Rugía la tormenta e intentó cobijarse en el nido, pero este era tan frágil que se lo había llevado el viento. Reparó, bajo la tempestad, cómo la echaba de menos, le faltaba su aroma en el aire, el color de sus pétalos. Tapaba el sol la intensidad de la lluvia de sus ojos, se apagó la luna, oscurecieron las estrellas y olvidó los versos.

El amor rompió los sueños, por puro, por hermoso e inocente; les inundó de silencios condenados al olvido, en el suelo de los muertos.

Se esfumaron como humo rumbo a otro universo, paraíso de poetas donde el amor y los sueños son irrompibles y eternos.

Dedicado a dos grandes poetas.

Una experiencia alucinante

El calendario maya profetiza el cambio de una nueva era en diciembre de 2012.

A través de una tormenta solar, la Tierra puede ser afectada en las altas latitudes o incluso totalmente destruida el día 21 de diciembre de ese año.

De todas las interpretaciones que se hacen de la profecía maya, con este resumen más o menos, es con lo que se queda la mayoría.

Por toda la Tierra se extiende el rumor de que el mundo se acaba; los científicos buscan un motivo real en el universo para que esto pueda ocurrir.

Pero no hay indicios de grandes tormentas solares que delaten que la Tierra pueda ser destruida; de momento, tal vez, debido a las eclosiones del sol, pueda ocurrir algo parecido, pero sería dentro de millones de años; esa es la única realidad.

Tampoco se aprecia ningún meteorito que amenace con colisionar con la esfera terrestre, como ocurrió con la desaparición de los dinosaurios.

Así lo explican los científicos al pueblo, intentando evitar el pánico, pero cada cual le da una interpretación; todos opinamos y otros tratan de aprovechar la coyuntura jugando con la buena fe de las gentes que ansían que poderes sobrenaturales les ayuden a encontrar el camino.

Algunos fanáticos en distintas partes del mundo se aprovechan de las gentes sencillas, ofreciéndoles una salvación. Hay quien ha gastado verdaderas fortunas por seguir a estos especuladores, que siempre se aprovechan de la buena fe de algunas personas.

También están los incrédulos, como yo misma; tengo los pies bien puestos sobre la tierra y no creo en fantasías ni fenómenos sobrenaturales. Prefiero creer en las cosas a las que puedo dar una explicación clara y realista.

Los descendientes de los mayas aclaran que será el comienzo de una nueva era. Los humanos vamos demasiado de prisa y esto pronostica un cambio a nivel espiritual del ser humano, como otros tantos que hubo a través de los siglos.

—¡Ha sido un día agotador! Y la cantinela de la gente de que mañana no estaremos aquí es reconfortante. Llegar a casa, ponerte las zapatillas y recularte en el sillón delante de la chimenea.

El cielo se iluminó durante unos segundos en los que no dio tiempo a reaccionar. Un ruido ensordecedor y una luz penetrante lo impregnó todo. Después desperté; no sé cuánto tiempo había dormido, estaba en un sitio extraño y maravilloso. No tenía ningún malestar, mi cuerpo flotaba, me sentía cómoda en aquel lugar.

Avanzaba por un camino donde no había señales de tráfico, ni asfalto, ni tan siquiera piedras; solo estrellas luminosas lo marcaban, con rayos de luces multicolores que hacían abrir mis ojos desmesuradamente asombrados, lo mismo que cuando iba a la feria en los veranos de la niñez.

Saltando de estrella en estrella, veía iluminarse mis pies, pasando de una a otra, flotando en la inmensidad del universo, donde el tiempo parecía no existir.

Los caminos no eran ni cortos ni largos, simplemente eran maravillosos y llenos de luz. Llegué a un inmenso jardín que daba paso a otros que se sucedían y parecía que no tenían final, poblados de flores silvestres, con colores indefinidos y aromas suaves, relajantes, cálidos, conocidos, añorados.

Cataratas de agua limpia y fresca daban vida al caudal de ríos mansos que surcaban las orillas de aquel vergel.

Lagos tranquilos y transparentes lucían orgullosos en sus aguas tornasoladas nenúfares gigantes, donde tomaban el sol preciosos y rollizos angelotes, que daban un toque de ternura al fantástico paisaje.

Gentes de todo el mundo, sin raza ni color, sin clases sociales, paseaban alucinados (como yo), deslumbrados ante tanta belleza.

El azul del cielo era tan intenso y, a la vez, tan sutil y vaporoso que no se parecía a ningún otro azul que yo hubiese contemplado antes.

El abrazo de mis padres parecía culminar aquellos momentos; el amor de mis hermanos, mi esposo, mis hijos, la cercanía de todos mis seres queridos.

La magia de los sueños, la fraternidad, la igualdad, la amistad, la fidelidad, la honestidad, la comprensión, todo flotaba alrededor como un encantamiento soñado por todos, pero real; tan real parecía que no me dejaba pensar ni buscar una explicación.

No había hambre, tampoco niños pobres y desvalidos; al contrario, niños alegres y traviesos que subían a los árboles, saltaban en el césped o chapoteaban en el río, reían y reían tanto que sus risas llenaban el aire como una música celestial. ¡Eran felices!

No existía la enfermedad; tampoco los intereses ni el dinero, las guerras, totalmente desconocidas, ni siquiera la palabra violencia tenía sitio en ese mundo. Reinaba el sosiego y la paz; ¡sobre todo la paz! que, a su vez, provocaba océanos de amor; se respiraba, se bebía, se sentía, todo era amor: los árboles, los frutos, el agua, las personas, la luz.

—¡Qué lugar más extraordinario!—

Debía ser el Paraíso. ¿Cómo había llegado yo allí? Tal vez, a través de Dios. Entonces Dios, ¿sí existía? ¡Era cierto! Él estaba allí; eso era Dios.

Comprendí: había estado siempre; se encontraba dentro de nosotros mismos; igualmente pasaba con la felicidad (tan inalcanzable) y la teníamos delante de nuestros ojos, pero la ambición, el egoísmo y la soberbia no nos la dejaban ver.

Me estremecí; temblaba. Hacía mucho frío. Abrí los ojos; la chimenea se había apagado. Me puse de pie y, torpemente, medio dormida, busqué una manta y encendí el brasero eléctrico.

Estaba aturdida; no tenía muy claro qué estaba pasando. Poco a poco fui entrando en calor. Como un autómata, me dirigí a la cocina y puse la cafetera en el fuego; necesitaba un buen café bien cargado y calentito.

Con la taza entre mis manos, intentando entrar en calor, volví de nuevo al salón.

Estuve a punto de encender la radio, pero cambié de opinión; sin pensarlo, conecté el televisor.

Las noticias de la mañana eran parecidas a las de cada día: guerrillas, bombas, juicios, atentados...

«Estados Unidos, al borde del precipicio fiscal».

«Cierran un colegio en Fuencarral con alumnos, sobre todo de etnia gitana, con dificultades».

«Los políticos vuelven a la carga, disputándose el poder».

«Aumentan los recortes».

«Desahucios: se suicida un hombre porque le echan de su casa».

«Grandes fortunas se multiplican; los ricos siguen haciéndose más ricos».

«El paro se dispara 90 %».

«La sanidad protesta: veintisiete hospitales en huelga».

«Miles de niños mueren de hambre o en los bombardeos de guerras interminables».

Es veintidós de diciembre de 2012; los niños de San Ildefonso cantan la Lotería de Navidad, que será retransmitida en directo por radio y televisión.

Está claro: el mundo no se ha acabado.

Una historia de amor

La discoteca estaba abarrotada; era el primer día del año. Las fiestas, ya casi volteadas, habían agotado a la gente. Para mí, este año ha sido especialmente triste y pesado.

La Nochevieja me había quedado en casa, y hoy estaba allí, en medio de la pista, bailando, asombrosamente en mí, con el gentío que había en ella.

Me gustaba bailar, pero me agobiaba mucho cuando había demasiado ambiente. Esta noche no me molestaba el bullicio; en medio de todos, yo estaba en mi nube, tan abstraída que ni siquiera sé si escuchaba la música. Quería agotarme, aturdir los sentidos y olvidar; solo olvidar.

Tenía en ese momento 24 años; era bastante mona, estaba muy delgada, pero mi cara redonda me hacía parecer más gordita. Con los ojos grandes y muy expresivos, el pelo largo por la cintura y negro como el azabache. Una chica alegre y formal, muy abierta; mi carácter afable hacía que me relacionara con tipos de gente muy diferentes, por ello tenía amigos en casi todos los ambientes.

No se me conocía novio formal, aunque no por ello tenía amores y desamores propios de mi edad. Mario había llegado a mi vida inesperadamente y no era la persona más idónea, dada mi educación y lo que mis padres esperaban de mí. Me habían enseñado a ser una mujer de mi casa, preparada para ser una esposa perfecta y elaborar mi ajuar con mis propias manos, mientras maduraba un noviazgo que me llevaría a un matrimonio convencional, virgen y pura.

Mario llegó rompiendo todos los esquemas. En primer lugar, era un hombre comprometido; tenía novia desde hacía seis años y fecha para la boda. El amor, cuando llega, no avisa ni repara en las normas que la sociedad marca en cada momento.

La primera vez que le vi fue a finales de junio; estaba con mi amiga, tomando una cerveza en el bar de moda donde se reunía cada noche la gente joven del pueblo. Estábamos en la barra y, en el otro extremo de esta, al lado de la puerta, le vi.

¡Qué guapo era!

Alto, delgadísimo, con el pelo castaño claro, unos ojos marrones, ¡preciosos! La nariz un poco grande, pero la perfecta para las líneas de su rostro.

Los labios, carnosos y sensuales, muy varonil, pero con una expresión tan dulce que me cautivó desde el momento en que lo miré. El flequillo largo hacia un lado; vestía un jersey del cocodrilo color azul cielo, con una rayita blanca muy fina.

Deslumbrada ante esta imagen, pregunté:

—¿Quién es ese chico tan guapo?— (mi amiga conocía a todo el mundo).

—¿Carmen, tienes fiebre?— preguntó, haciendo un gesto exagerado e intentando tocarme la frente.

Reímos juntas, divertidas las dos, por la reacción que aquel muchacho había provocado en alguien tan cauto como yo, que nunca me dejaba impresionar fácilmente por cualquier chico. Marina (así se llama mi amiga) y yo somos muy diferentes, pero estábamos muy compenetradas; lo que le sobraba a una complementaba lo que faltaba a la otra. Nadie entendía cómo nos llevábamos tan bien; éramos inseparables y jamás discutíamos ni nada por el estilo. Nos conocíamos tanto que Marina supo al instante lo que yo había sentido al mirar a Mario, se hizo de rogar, pero al fin me explicaba.

—Me parece que ese chico es celador de teléfonos, hace pocos días que anda por aquí, pero los suficientes para tener ya un montón de admiradoras.

No hablamos más de él aquella noche, pero yo no podía dejar de mirarle. El verano empezaba alegre y lleno de colores; cada noche, después del trabajo, salíamos a dar una vuelta, disfrutando, como cada año, del bullicio de la calle Nueva. Todas las terrazas se llenaban de gente para tomar el fresco; todos nos conocíamos y todos nos reuníamos en los mismos sitios. Nuestros veranos, cálidos y sencillos, parecían que serían así siempre. Las calles lucían regadas y olía a jazmines y damas de noche. Las casas blancas de cal abrían sus puertas y sacaban las sillas de caña blanca para ofrecer asiento a sus vecinos: tertulias y abanicos, noches de verano al fresco.

Una tarde, en el trabajo, mis compañeras hablaban animadamente. Yo, con la cabeza baja, cosía, paseando con la mente entre nubes, recreándome en mis fantasías, soñando despierta, que era mi pasatiempo favorito. Imaginar historias y proyectar en mis sueños lo que podría ser mi vida y mi futuro.

La voz de Marina me volvió a la realidad.

—Carmen, hablan del muchacho que vimos la otra noche. Se llama Mario.

Los comentarios se mezclaban y resonaban en mis oídos; hacían halagos y repetían lo hermoso que era. Mientras, algo desconocido hacía estremecer mis sentidos, aturdiéndome y sin dejarme ver muy claro. Una extraña ansiedad inundaba mi pecho; no sé si escuchaba sus voces o eran los latidos de mi corazón.

Un dulce sopor me embriagaba, y el ardor de un tibio fuego me aislaba de la realidad. La voz de Marina me hizo volver en mí.

—¡Despierta! —dijo—. ¿Te has enterado?

—Marina —contesté yo—, por favor, no habléis más de él. Me estoy enamorando.

—¡Toma, y yo! —Se escuchó otra voz.

—¡Y cualquiera! —dijo alguien más.

El domingo por la mañana, madrugamos todos en casa; bautizábamos a mi segunda sobrina y yo era la madrina. Fue un día muy ajetreado; la niña llegó tarde a la iglesia y el cura se mosqueó cuando este preguntó qué queríamos para ella. En vez de pedir el bautismo, la abuela pidió salud y suerte. La fiesta duró hasta el atardecer; ya en las copas, al final de la tarde, escuché que alguien decía:

—¿Quién me va a presentar a la madrina?

Me volví y era él, estaba allí, delante de mí.

—Qué guapa eres —dijo—. ¿Cómo te llamas?

Su voz era tan dulce como su rostro.

Flotaba; no podía creer lo que me estaba ocurriendo. De pronto, sentí un miedo horrible y, haciendo todo lo contrario de lo que me dictaba mi corazón, apenas intercambiamos cuatro palabras y me alejé de él.

Sus ojos, su voz, su rostro eran como un torbellino que me arrastraba hacia un maremoto de emociones nuevas y sentimientos a los que no sabía hacer frente. Una oleada de deseo y pasión atrofiaban mis sentidos; algo nuevo y desconocido estaba irrumpiendo en mi vida y sería capaz de cambiar mis ideas y sacar a la luz mi verdadera personalidad.

Esa mujer que creía ser hasta ahora no era más que el resultado de lo que todos habían querido que fuese; no era más que una figura de barro que mis padres y la sociedad habían moldeado con sus ideas y su buen creer.

Con mis veintitantos, todavía dormitaba, virginal e inocente, en las mieles de la infancia; por ello, cuando él me miraba, sacaba de mis entrañas todas aquellas sensaciones tan intensas y desconocidas. Eran tan fuertes que me aterrorizaban y sentía ganas de huir, pero nadie escapa de sí mismo, al menos mientras mantiene la cordura.

El verano seguía su curso. Inconscientemente, evitaba todo acercamiento con él y todo comentario posible. Una tarde, a principios de septiembre, le encontré en la calle y me abordó con su simpatía habitual. Nos saludamos y, reprendiéndome, dijo:

—Eres muy inaccesible, es difícil llegar a ser tu amigo.

—Todo lo contrario —contesté yo—. Soy una persona muy abierta y tengo muchos amigos.

—¿Quieres un café?

—No me es posible, Mario. Tengo una reunión y voy justa de tiempo.

—Yo espero a que termines, ¿de acuerdo?

—De acuerdo.

Bueno, no sé para qué fui a la reunión. No me enteré de nada; solo miraba el reloj, que parecía haberse parado.

Sentados en la terraza, disfrutábamos uno del otro; no parábamos de hablar. Era como si de pronto sintiéramos al tiempo escaparse (teníamos tanto que decirnos). La noche pasaba demasiado rápida.

Enredados en aquella magia que se había apoderado de nosotros, subimos al coche siguiendo a los demás amigos para visitar la feria de un pueblo cercano.

El grupo que cantaba en la verbena sonaba bastante bien y... Mario me invitó a bailar. Cuando me abrazó, creí que iba a derretirme; un sentimiento fuerte y profundo había inundado nuestra alma y el corazón martilleaba con fuerza, confundiendo en el abrazo el latido de los dos, que sin querer nos superaba. Fue una idea al unísono; dejamos de bailar y nos sentamos en un banco de madera que había cerca.

Destapamos nuestra alma y, muy sinceros uno con el otro, admitimos el sentimiento que nos embargaba y que compartíamos a nuestro pesar.

Intentamos razonar y seguir las reglas que nos habían enseñado, respetarlas, reprimiéndonos de una forma irracional y dolorosa.

Era tarde: él iba a casarse. Todo estaba preparado: el banquete, los invitados y el traje de la novia; sus padres, demasiado mayores para entender que todo aquello pudiera romperse.

Decidido, no volveríamos a salir ni a quedarnos solos; así tenía que ser y así sería. De vuelta al coche, pasamos por un bonito jardín. Mario saltó la verja y cortó una rosa, que galantemente me ofreció, besándola antes de entregármela. La guardé para siempre, mantenida con aquel beso que celosamente conservaría en mi recuerdo durante toda mi vida.

La noche transcurrió plácida, sumergida en un sueño encantado, lleno de fragancias que me envolvían: su olor, su aliento cercano y la dulce sensación de aquel beso que no llegó a mis labios.

Sonó el teléfono temprano aquella mañana; era Marina. Íbamos a ir a bañarnos al pantano con sus hermanos y comeríamos allí. La comida ya estaba preparada. Acepté; este sería el último baño del verano y me apetecía.

Al llegar a casa de Marina, el 850 blanco de Mario estaba aparcado en la puerta. El firme propósito de no vernos más había durado menos que poco. Pasamos un día maravilloso; las tibias aguas del pantano se templaban aún más con el ardor de nuestros jóvenes cuerpos. Jugamos en el agua durante todo el día, disfrazando nuestros abrazos con juegos que el agua amortiguaba, lavando el sentimiento de culpa que pudiésemos tener.

No queríamos escapar de las azules aguas para no dejar de tocarnos con caricias furtivas que, en la inmensidad de aquel pantano, tratábamos de esconder y justificar.

Me enterró en la arena, susurrándome al oído que quería apresarme, para que no pudiese escapar de su vida. Hacía fotos y se recreaba en mi cuerpo, como si yo fuese la mujer más bella del mundo. Marina asistía a todo esto como una fiel testigo de lo que sentíamos. Llegué a casa sonrosada por el sol y el rubor que me producía el morbo de lo prohibido.

Esa tarde, el pueblo estaba de fiesta; subían a la patrona al cerro. Me duché presurosa y recogí mi pelo en una trenza al lado izquierdo de la cabeza, descansándome sobre el pecho. La llené de flores color de rosa, que hacían juego con un vestido de bambula y encajes que me había prestado mi hermana.

Antes de llegar al punto donde habíamos quedado, ya venía a mi encuentro; me hizo sentir como una princesa de cuento, con todas las cosas bonitas que dijo al verme.

Los días y las semanas pasaban fugaces, como un tren arrastrando promesas que se nos fueron incrustando en el corazón, con rayos de luna llena que nos hipnotizó. Contemplándola, embrujada, di rienda suelta a nuestra esperanza y nos hacía creer en un milagro que podría solucionar todo, sin que nadie saliera herido de aquella contienda.

En los rayos de la luna me he enredado
y me tienen de su embrujo prisionera;
con ellos en mi alma se han taladrado
los recuerdos de las horas a tu vera.
En las noches que lucía la luna llena
aprendí a beber el agua de tu boca
y, mirándome en tus ojos, aprendí
a quererte y adorarte como loca.
Penetramos de la mano en un mundo
donde solo había espigas y amapolas
y la boca afilada de la hoz
no las ha cortado todas.
Solo quedan las raíces en el suelo,
solo el recuerdo de las felices horas,
y en el fondo de nosotros un amor que,
 como un mar embravecido,
nos azota con sus olas.

No queríamos renunciar a aquel amor puro, joven y hermoso como un sueño.

Seguía bailando, concentrada en la música, aturdiéndome en medio del bullicio y la gente, que disfrutaba de la fiesta. De pronto sentí cómo me elevaba, abrí los ojos y allí estaba él; sus ojos decían tantas cosas, sus labios buscaban los míos, sin dejarme poner los pies en el suelo. Me llevó hacia un rincón, repitiendo «te quiero, te quiero».

Y pasaron décadas
contemplando la Luna,
añorando caricias

que nunca volverán.
Recordando te quieros
que quedaron grabados
en los rayos de luz
para la eternidad.
El polvo del camino
fue borrando tu imagen,
susurros en mi oído,
el metal de tu voz.
Me llama una mirada
de ojos extraños;
sonrisas de otros labios
evocan tu rostro.
Un nombre, unos brazos,
un sueño hermoso.
Posiblemente tú
no recuerdes siquiera
que aquello sucedió.
Pero la luna llena,
cuando brilla en el cielo,
mantiene la promesa
de esa historia de amor.
Treinta años después…

Con el pelo corto y blanco, el rostro arrugado, las manos mustias y el corazón cansado de ir contra corriente, esta tarde cogí el coche y, dando vueltas, llegué hasta el pantano. Contemplo sus aguas, que en diciembre son grises y siempre tranquilas; mirándolas fijamente, trato de leer la historia de nuestras vidas en ellas.

No alcanzo a recordar bien si volviste aquel primero de enero; es bastante confuso. ¿Realizamos nuestro amor? ¿O no regresaste nunca? ¿Te conocí? ¿O solo fue una fantasía?

¿Hemos vivido juntos? ¿O somos dos extraños que conviven? ¿Nos amamos? ¿O, quizás, es un sueño que he inventado en mi soledad?

Tengo que volver, pero ¿a dónde? Nadie me espera. Mi casa es tan grande, tan vacía… Tal vez bajo las aguas grises del pantano esté el azul… Tal vez allá abajo esté aún el calor de nuestros cuerpos.

Un soplo de aire frío recorre mi espalda, aparta las nubes y un rayo de sol deslumbra mis ojos, haciéndome volver a la realidad.

Cojo de nuevo el bloc y el lápiz, y, dando un hondo suspiro, decido terminar esta hermosa historia de amor.

Zepelín

Magdalena nació en una cacería vecina del cortijo señorial El Bajo del Jardín, situado en la cara sur de la Peña de los Enamorados. Era la quinta de diez hermanos, nueve mujeres y un varón; los padres y la abuela materna formaban el núcleo familiar.

Ramón, su padre, la adoraba; ella era su ojito derecho, la más bella de sus hijas, rubia como los trigos maduros de la Vega, ojos de un azul claro, transparente, de mirada dulce y cuerpo escultural.

Mientras sus hermanas bordaban, ella ayudaba a su padre en las tareas del campo y gustaba de perderse peña arriba, trochando como un muchacho. Conocía cada rincón, hendidura o acebuche de los que nacen en los sitios más áridos de la sierra. La Peña fue su primer amor; saltaba entre sus piedras, reía y cantaba. La roca, en algunos lugares, le devolvía con su eco las risas y el canto como una fiel confidente.

—Me es más fácil —decía Magdalena— comunicarme contigo que con mis hermanas. Tú eres fuerte, limpia, libre; te gusta el viento, la lluvia, el sol; siempre estás ahí, majestuosa, fiel testigo y vigía de los tiempos, tranquila, llena de vida.

Ramón interrumpió la intimidad de su hija y la montaña.

—Chiquilla, está anocheciendo y el monte encierra muchos peligros. Vamos a casa; tu madre está preocupada. Además, se enfadó mucho conmigo esta tarde, dice que te consiento más de la cuenta.

Desde la vereda final que conducía a la casa, la niña descubrió el caballo que pateaba a la entrada de las cuadras; de un brinco ya estaba a su lado, gritando eufórica:

—¡Papá! ¡Papá! ¿Lo compraste? ¿Es para mí? ¡Es precioso! Le voy a llamar Zepelín.

Así conoció Magdalena a su segundo amor.

Ahora, subía la peña a caballo; Zepelín corría como un rayo, lo montaba a pelo, saltaban el río, recorrían los caminos más escondidos y se perdían entre los árboles, provocando así el disgusto de sus mayores, sobre todo cuando la veían llegar a horcajadas.

Esto enfurecía a su madre.

—Una señorita no puede montar así, ¡nos vas a buscar una ruina! Y tú te vas a malograr.

El día que conoció a Paco y la miró con esos ojazos verdes, supo que ese amor era el más fuerte que todos los que había conocido hasta ahora.

El día de la boda, después de la fiesta, montaron los dos a Zepelín; esta vez ella iba a la grupa, su hogar estaba en el pueblo. Se despidió de la peña besando las piedras, con lágrimas en sus hermosos ojos, dejando entre las rocas el ramo de azahar, lo más preciado de su traje de novia. Le pareció la mejor forma de compensarla por su abandono.

Fue muy feliz en su nueva vida; más tarde vinieron los hijos y Zepelín formaba parte de esta joven familia, aunque ya solo lo montaba cuando iban a visitar a sus padres.

Pero los años pasaban y el caballo enfermó; para Magdalena fue muy doloroso. Un día abandonó la Peña por amor; ahora, su mejor amigo la abandonaba a ella para siempre.

A una gran mujer.

Pasteles para el espíritu

Desde su ventana, Manuel se pasaba las horas mirando el horizonte y contemplando el paisaje. Vivía en un pueblecito de Andalucía muy hermoso, blanco, rodeado de pinos y grandes extensiones de olivares. Estaba situado en la falda de una bella montaña, sus vistas a campo abierto permitían volar con la imaginación hacia un horizonte lejano, pintoresco, de azules y rojos intensos en las maravillosas puesta de sol.

A la caída de la tarde, cuidaba su pequeño huerto y regaba las macetas del patio: geranios de todos los colores, rosas, celindos, damas de noche y jazmines que aromatizaban las viejas piedras y las noches cálidas de verano.

Con una garrafita pequeña subía a los patios altos, donde tenía muchos árboles frutales y bajo su sombra se tomaba el vino fresquito. Aunque esta tarea le gustaba mucho, no era precisamente su mayor afición. Lo que más le gustaba a este buen hombre era la pastelería. Para todos los eventos le requerían que llevase sus tartas y exquisitos dulces. No era esta su profesión, pero le dedicaba mucho tiempo. Los amigos y conocidos le pedían su colaboración para bodas, bautizos, cumpleaños, homenajes y toda clase de celebraciones. Él, gustoso, lo hacía sin ningún interés, solamente por amor y cortesía.

Cuando llegaban las fiestas del pueblo, todos los años se celebraba un concurso de tartas. Manuel planificaba, diseñaba y hacía su tarta cada año para participar en él. La trabajaba con mucha creatividad y esperaba con ganas presentar su creación cada verano, aunque asombrosamente nunca había ganado un premio. Él no le daba importancia a esto; cada vez participaba con más ilusión, volviendo a implicarse siempre, como en todas las cosas que se referían a su amado pueblo.

Aquel verano lo tenía muy difícil; fue un año de mucha sequía y a la hora de poner en marcha su nueva creación encontró muchas dificultades. Las frutas de sus arbolillos estaban picadas, las zarzas silvestres apenas tenían moras, el melón estaba demasiado verde, la sandía pasada... No paraba de hacer pruebas, pero nada tenía la calidad con la que acostumbraba a elaborar sus tartas.

El tiempo se le vino encima y no tenía nada claro, ni oscuro. Aquello no prometía. Tampoco quería dejar de participar, pues estaba convencido de que su aportación era importante para mantener la tradición y la costumbre. El premio era lo de menos.

Una mañana se levantó muy decidido y se fue al supermercado, pero allí ocurría lo mismo: las frutas, cortadas y refrigeradas antes de tiempo, se pudrían enseguida, las que no estaban escarchadas. Nada, ninguna daba la talla para lo que él tenía en mente.

Aburrido, pensando ya en tirar la toalla, se puso a dar vueltas con el carro por los pasillos atiborrados de productos de todo tipo. De pronto, una de aquellas estanterías llamó su atención. Un letrero grande y llamativo invitaba muy tentador: «CHOCOLATES».

¡Qué barbaridad! Jamás había reparado en la cantidad de variedades que existían de aquel producto: chocolate negro, blanco, con leche, con almendras, avellanas, piñones, caramelo, rellenos de fresa, melocotón, menta, limón, cerezas, licor, galletas, barquillos...

Sin pensarlo dos veces, comenzó a coger variedades y casi llenó el carro. Arrugó el ceño pensando en lo cara que le iba a salir la tarta ese año, pero, bueno, saldría del paso sin mucha complicación. Además, había una poderosa razón: si unos y otros se iban retirando, podría perderse la tradición, y no es bueno que los pueblos pierdan sus costumbres más arraigadas. «Un pueblo sin tradiciones es un pueblo sin alma». Así pensaba Manuel, hablando consigo mismo y convencido de que lo importante era participar.

Llegó el gran día. En la plaza se concentraron todos los vecinos para el concurso anual. Se había preparado una mesa muy larga, vestida con manteles blancos e impolutos. Sobre ella, tartas, muchas tartas, de todo tipo. Ese año había más participación que nunca, se iban a atiborrar de dulces.

El jurado presidía la mesa. Era el mismo todos los años desde hacía décadas.

El alcalde: un señor barrigón, con un gran bigote, que sabía de todo. Labrador, estudiado, justo y sobre todo conocido, muy conocido. Gobernaba el pueblo desde hacía muchos años y los vecinos lo respetaban y volvían a votarle cada vez en las elecciones. Decían todos: «Más vale lo malo conocido que lo bueno por conocer», pero muy cierto era que lo querían y nadie lo consideraba malo.

El secretario del ilustre: un hombre bajito, un poco miope, que además ya tenía cataratas por la edad, pero permanecía estancado en el tiempo. Seguía con sus antiguas gafas y esperaba paciente la jubilación.

La maestra, doña Cecilia: había enseñado a leer a todo el pueblo y estaba todavía con mucha vitalidad. No quería jubilarse, dispuesta a enseñar a otro par de generaciones.

El farmacéutico: este señor era nuevo en el pueblo. Había comprado la vieja farmacia, modernizándola y manteniendo a la manceba.

La manceba: conocía a todo el mundo. Estaba en la farmacia desde niña. Solterona y con treinta años de experiencia tras aquel mostrador.

El párroco: un hombre de iglesia que se fue al seminario para poder estudiar y al final se quedó en ella, cuidando las almas de su tierra. Había envejecido dulce y pacíficamente en el entorno que lo vio nacer.

José el sacristán: otro vecino de la localidad, monaguillo desde que aprendió a rezar el padrenuestro. Su aspecto de hombre bueno, con una abundante melena plateada que brillaba con el sol más que la ostentosa calva del señor alcalde, reflejaba la personalidad de un ser servicial y generoso.

La degustación duró toda la mañana. Después niños y mayores dieron buena cuenta de los dulces como era la costumbre.

El jurado se retiró a deliberar y Manuel se marchó a casa. Él ya había cumplido su misión. Almorzó con la familia y se echó la siesta como de costumbre.

Al anochecer, como cada tarde, se puso a regar las flores con todo el mimo. Elegía las más hermosas para que sus bellas hijas las lucieran aquella noche sobre el pelo, cuando asistieran al baile de la plaza. Manojos de jazmines, enlazados en un aderezo perfumado, aguardaban sobre la mesa de la entrada para aromatizar el regazo de las jóvenes muchachas.

Sentado en una silla de anea blanca disfrutando de las macetas, Manuel saboreaba el vino de su garrafilla mientras aguardaba ver salir a sus hijas para disfrutar de la fiesta.

Escuchó que llamaban a la puerta, después la voz de su esposa:

—¡Manolo! ¡Manolo, que te buscan!

Un municipal aguardaba en la entrada. Venía a notificarle que había ganado el premio y lo esperaban en la plaza para entregárselo.

La alegría corrió por la casa con la noticia. Las hijas bajaron, llenándolo de besos y felicitaciones; su mujer lo abrazó tiernamente, muy orgullosa, y los vecinos más cercanos también acudieron con alboroto.

Cuando Manuel y su familia llegaron a la plaza había un gran revuelo. El hombre era muy querido por la comunidad y todos disfrutaban del premio tan merecido.

Los jóvenes, ya listos para la fiesta, estaban guapos, todo el mundo muy maqueado. El jurado se había colocado sus mejores galas para el evento. La música sonaba alegre y los niños correteaban con trompetas y juguetes, que los feriantes estaban gozando de vender. Manuel saludaba y sonreía, incrédulo pero feliz.

Cuando el señor alcalde le hizo entrega del premio, tras los aplausos, todo el mundo pidió a Manuel que dijera unas palabritas.

Sereno, pausado y tímido como era él, dijo:

—Bueno, de esta experiencia me ha quedado muy clara solo una cosa: al jurado le gusta el chocolate.

¿Una habitación propia?

Los pasos de Rufina por el pasillo, siempre lentos y arrastrados, alertan mis sentidos. Cada día, con el desayuno, la merienda o la cena, son el reloj que marca mis horas, el calendario que pasa sus páginas amarillas y gastadas.

Llamó suave con los nudillos, giró la llave, que chirrió en la vieja cerradura, y me dio la noticia con una voz extraña, una voz en la que no pude percibir ningún sentimiento:

—Niña, tu padre ha muerto.

Nos miramos y, sin decir palabra, abrió la puerta de par en par. Después me dio los lutos. Yo me quité el vestido gris, viejo y antiguo, y vestí lo trapos negros que aguardaban desde la muerte de mi madre en el fondo del arca.

Entré en la sala apoyada en el brazo de mi chacha. Mis piernas desentrenadas temblaban tras haber recorrido atrojes, pasillo y salas altas, y bajar una escalera de varios tramos hasta la planta baja. Estaba agotada y me derrumbé.

Cuando abrí los ojos, todos me rodeaban, tragándose el aire que me estaba faltando. Peor aún, murmuraban:

—Pobrecita, es un golpe muy duro. Él vivió solo para ella, le dedicó su vida, se encerró con ella a purgar el pecado.

Un grito salió de mi garganta indignada, reprimida durante demasiado tiempo:

—¡Mentira! ¡Mentira!

Mis oídos escuchaban sorprendidos:

—Se le fue la cabeza con la pena.

Alguien me dio una infusión de tila muy fuerte y me quede allí, semiinconsciente, mirando al vacío, meciéndome en la butaca de loneta a rayas donde cuando era niña me balanceaba hasta que el sueño vencía a mis ojitos, escuchando la voz de mi madre y las risas de Rufina, que en aquellos tiempos solía reír mucho.

Después del entierro llegó mi marido. Estaba muy cambiado; poco quedaba de aquel joven apuesto con quien me casé. Tenía un prominente buche, estaba gordo y arrugado. En su rostro curtido por el sol se marcaban las arrugas como surcos en la tierra, escondiendo sus bonitos ojos verdes. Veinte años dan para mucho.

En cambio, mi piel parecía de porcelana blanca y frágil; mis piernas, tan ágiles y bonitas en otro tiempo, parecían dos cantaras de leche, blancas e hinchadas; mi pelo dorado, que con el sol adquiría en verano vetas que parecían meramente de oro, ahora lucía en un rodete grande, canoso, pardo, sin brillo.

Me llevo con él al pueblo. Nuestros hijos, María y Roberto, ya eran mayores y deseaban tener cerca a su madre. Ahora que el abuelo había muerto, nada lo impedía y su padre, que era muy buen hombre, consintió.

Acostumbrada a mi «celda» en el cortijo, la casa del pueblo y aquella habitación de tres metros cuadrados, con un ventanuco pequeño y muy alto, desde donde ni siquiera alcanzaba asomarme para ver los campos, eran como un palacio.

Mi hija iba a casarse y a Salvador le vino a huevo que yo viniera. Roberto y él eran dos hombres y el manejo de la casa no se les daba muy bien.

Mi carcelero había muerto. Mi marido hizo como que había olvidado mi traición. Pero no hablábamos, ni siquiera levantaba los ojos para mirarme nunca. ¿Me quiso? ¿O quizás me quería aún? ¿Por qué me trajo a su casa de nuevo? Nunca lo sabré.

Poco a poco, la familia fue visitándome, con mucha hipocresía, como si nunca hubiese faltado durante veinte años.

En la misma calle, tres o cuatro casas más arriba, vivía el hermano de mi marido con su mujer, Micaela. Ella y una servidora nos habíamos criado juntas, éramos muy amigas y nos hicimos novias de los dos hermanos al mismo tiempo. Mi cuñado era más rancio; en cambio, mi novio era más guapo, también más cariñoso.

Nos casamos las dos en el mismo año y nos fuimos a vivir a la casa de los suegros, una casa grande con muchas habitaciones y una cocina enorme donde se cocinaba para todos los jornaleros que trabajaban las tierras.

Éramos felices. Yo ya tenía a mis hijos y Micaela también tenía dos hijas. Nos gustaba montar a caballo y correr entre los trigos. En las noches de verano nos marchábamos a la era cuando los niños dormían y nos revolcábamos en la paja apilada para hacer las alpacas.

El viejo Elías murió y vino del pueblo un guapísimo muchacho que lo sustituyó. Éramos muy jóvenes y la sangre hervía en nuestro cuerpo, nos gustaba tontear con él. El diablo, que todo lo enreda, consiguió que de aquellos inocentes escarceos prendiera la llama peligrosa del deseo.

Micaela se encaprichó del gañán y me mandaba a mí a sonsacarle si tenía novia y cosas así. Eso no estaba bien, las dos éramos mujeres casadas con hijos. Pero también éramos bastante inocentes y pensábamos que no haríamos daño a nadie con nuestros juegos.

La mala suerte (o el destino, cualquiera sabe) quiso complicar las cosas y el gañán se enamoró de mí, malinterpretando las preguntas que yo le hacía para después contarle a mi cuñada. Pensó que era yo quien se interesaba por él.

Una tarde muy calurosa, en la hora de la siesta, estaba recostado en las cuadras sobre la paja. Micaela lo vio y me mandó a preguntarle no sé qué tontería. Ella esperaba, como siempre, escondida para escucharlo todo.

Entré con el botijo y le ofrecí agua fresca. Él se me acercó, tiró el botijo y, cogiéndome de la cintura, me besó apasionadamente. Micaela, que estaba observando, en un arrebato de celos, corrió hacia la casa sin esperar a ver mi reacción, que, por supuesto, fue abofetear al muchacho por su atrevimiento.

Cuando entré en la casa, arrebolada por el sofoco y la vergüenza, Micaela, histérica, contaba a su marido y al mío que yo me había liado con el gañán.

Todo ocurrió muy rápido. Mi cuñado y mi marido me escoltaron hasta la casa de mi padre. Este nunca me perdonó y durante veinte años me encerró en aquella habitación para que purgara mi pecado.

Índice